幸せおいしいもの便、お届けします

角川文庫
24530

第0話

最初のおいしいもの便

東京都・愛知県・広島県 ← 秋田県

最初に「違い」を意識したのは、長野に行ったときだった。

娘がまだ中学生だったころ、夏に高原のコテージに数日間滞在したことがあった。

山の空気は清々《すがすが》しく冷たい。その心地よさももちろん理由の一つではあったけれど、あの旅が楽しかったのは、自炊ができたからというのが大きかった。

見知らぬ土地で初めて味わう料理は、旅の楽しみの一つ。

食べるために、自分で料理をしなくていい。買い出しに行かなくていい。洗いものもしなくていいし、ゴミ捨てのことを考えなくてもいい。

そんなふうに、日常の家事から解放されるのが、旅の自由さ。

でも、私はその自由さに、二日目には疲れてしまう。

旅の食事にはどうしても制限が加わるから。食べるタイミング、食べる量、食べるもの。ホテルや店に任せると、必ずどこかで制約が生じる。誰かに任せることで生まれる「自由」は、自分の思い通りにはならない「不自由」と背中合わせ。

だから、キッチン付きのコテージは嬉《うれ》しかった。

いつも通りに料理をしてもいいし、出来合いの惣菜《そうざい》や地元の名物を買って食べてもいいし、レストランに出かけてもいい。私にとってはそちらのほうが「自由」なのだった。

事前に近くのスーパーマーケットを調べておいて、コテージに着く前にそこで買い出しをした。

おや？　と思ったのは、そのときが初めてだった。

青い空と白い山を背景にしてプリントされた、どことなく可愛らしい字体。牛乳のパッケージにはちょっと珍しい、緑・白・ピンクの色の組み合わせ。白地にすっきりとした黒の文字と、アクセントに入る緑色。「八ヶ岳《やつがたけ》牛乳」、「信州《しんしゅう》3．6牛乳」、「信州八ヶ岳野辺山《のべやま》低温殺菌牛乳」……

初めて目にするパッケージデザインと商品名。

並んでいる牛乳が、ふだんスーパーで見ているものとはずいぶん違う。

気をつけて見てみると、ヨーグルトやチーズ、豆腐に卵、こんにゃくやパンもそうだった。日持ちしない食べものは、自然と地産地消になっていくのだろう。

「見て、このパン。うちの近所にはないよね⁉」

「知らないメーカーだ！」

反抗期まっさかりの娘も、そのときはひどくはしゃいでいたのを覚えている。見つけたものを報告しあう私と娘を、微笑みながら眺めていた夫の顔も。

卵をふんだんに使ったふんわりとしたオムレツに、香ばしく焼き上げたトースト、りんご入りのサラダ、冷たい牛乳。

コテージでの朝食はいつも通りのメニューで、でも知らないメーカーの品々で出来ていた。

以来、旅行のときには地元のスーパーマーケットを必ずのぞくようになった。

ふだん自分の目に見えているのは、世界のほんの一端。世界の大部分を自分は知らないし、その未知の部分は、未知の人々の手を経た未知の品々でできている。そのことを、毎回私は思い知らされる。

そうして一緒にいろんな場所に出かけた夫が亡くなって、半年ほど。一人娘もすでに遠くへ嫁いでいて、私は一人になった。

初めて一人で訪れた山形県のスーパーで、パッケージに山伏が描かれた「羽黒《はぐろ》そば」や直球すぎる商品名の調味料「うまいたれ」を見ながら、ふと思いついた。

さおしか：明日《あした》は秋田県に行くよ。もし、きりたんぽ送ってほしい人がいたら言って。

　住所と本名を知らせてもらうことになるけど。

時代に取り残されたような個人サイトのBBSに書き込んだ。

ほんの数週間前、秋田県を舞台にしたドラマがやっていて、その感想で盛り上がっていたのを思い出したのだ。「秋田に行ったことない」「きりたんぽっておいしいの？」、そんな書き込みも頭をよぎる。

サイトを立ち上げてから十五年ほど経っていた。でも、ネットの外でも関わりを持つようなことをしたのは初めてだった。

旅先で体験する楽しみと、かつて旅先から私がもらった新しい風。それを、ちょっとだけでもシェアしてみたいと思ったのだ。長く付き合っていて、でも顔も本名もどこに住んでいるかも知らない人たちと。

エルゴ：送ってほしい　最近まともなもの食べてないから

かっしー：（挙手！）

クララ：私もお願いします。お代はどうしたらいい？

後でもう一度BBSを見に行ったらそんな返信がついていて、私は少し考えた。

比内地鶏《ひないじどり》を使わなければ、きりたんぽ鍋《なべ》の材料はそこまで高額にならない。こちらで負担してもいいと思っていた。

でも、思い直して、こう書き込んだ。

さおしか…後で金額を伝えるから、同じくらいの金額でみんなの地元の食べ物を送って。

それが、未知の世界のひとかけらを送りあう「おいしいもの便」の始まりだった。

第1話
おとぎの国へのパスポート
秋田県 ← 愛知県

第1話

愛知

おいしいもの便

カニチップ

しるこサンド桜

生せんべい

おにぎりせんべい

千なり　林檎あん

あさくまコーンスープ

宮きしめん　しょうゆ味

スガキヤラーメン

みそ煮込うどん

台湾ラーメン（二種類）

名古屋カレーうどん

子どもの世界は、目に見えるものがすべて。

どんなにへんぴな田舎に生まれても、どんなににぎやかな都会に生まれても、そこに生まれて育ったら、それが当たり前になってしまう。

電車が二時間に一本しか来ないのも、テレビが五チャンネルしかないのも、普通のこと。雪が二メートル積もっても、『かまくら』の時季に深刻な雪不足」なんてニュースが流れても、なんの疑問も持たない。

そういうものだと受け入れて、それなりに楽しく、元気に生きてきた。

もちろん、大きくなるにつれて、外の世界の情報は入ってくるようになる。

ドラマのヒロインが、ホームで知り合いに呼び止められて簡単に乗車をあきらめるのは、そこが都会で、数分後に次の電車が来るから。

夜遅くまで残業してても平気なのは、二十時を過ぎても電車があるからだし、タクシーは呼ばなくても普通に道を走っている。

飲食店は夜遅くまでやっていて、仕事帰りにちょっと思い立って友だちや彼氏と食事をすることもできる。

中学生になるころには、実感をもってわかってきた。

どうやらあたしの住む街は結構な田舎で、ものすごい「ゴーセツ（漢字忘れた）地帯」らしい。そして、都会では同じ年ごろの子どもが、まったくちがう生活をしているらしい。

でも、だからといって、秋田県での生活を不満に思っていたわけじゃなかった。

現代日本を舞台にしたドラマやアニメでも、あたしはそれをおとぎ話として見ていた気がする。

子どものときに、ディズニーの「白雪姫《しらゆきひめ》」や「シンデレラ」を見ていたときと同じ感覚。お姫さまのドレスや馬車はすてきだけど、あたしの生活の中にはないものだし、魔法使いや小人も現実にはいない。

ファンタジーの世界と現実を比べて、落ち込んだり悲しんだりはしない。

修学旅行で東京に行ったときには、「おとぎ話の世界が本当にあったんだ！」と感動した。

「テレビのチャンネル、めっちゃある！」

「店が夜中までやってる！」

「みんなきれいな格好してる！」

騒いでいた友だちを見ると、みんな、あたしと似た感覚だったんじゃないかと思う。おとぎの国だった東京ディズニーリゾート（なぜか千葉にある）もめちゃめちゃ楽しかったけれど、東京自体も巨大なおとぎ話の世界だったのだ。

そして、おとぎの国には、王子さまもいる。

――すみません。

修学旅行中、あたしは彼に出会った。

――これ、違いますか。

落としたハンドタオルを拾ってくれたその人に、再会したのはその三日後。自宅に戻ってたまたま目にしたドラマの再放送の中でだった。

おとぎの国は華やかでにぎやかで楽しかったけれど、人が多すぎるし、路線図はごちゃごちゃしてて読めないし、目がまわりそうになる。目に飛び込んでくるものが多すぎて、疲れてしまう。

あんなにはしゃいでいた修学旅行だって、二日目にはもう「家に帰りたい」と思っていた。

それでも、王子さまのいる場所だ。それだけで、おとぎの国は今もあたしの中できらきらと光っている。

じゅりあな横手《よこて》　@JuririnYokote
札幌《さっぽろ》に遠征する友だちに、推しネイルしてあげたよ！
推しメンカラーの青とレース❤❤

朝、ＳＮＳに投稿した写真に十一件コメントがついていた。

「かわいい！　真似していいですか？」「たぶんお友だちと同担だ！」「私も札幌に参戦します！」……

アイドルに関係する投稿は、毎回反応が多い。

みんな可愛いな、と思う。好きな人の話をする女の子のハッピーな感じがあたしは好きだ。

お礼がわりの「いいね」をぽちぽち押している途中で、メッセージアプリの通知が来た。

今日、やっぱ無理かも　遅くなりそー

彼氏からのメッセージだった。

いいよ👍　またね～

すぐに返信する。

二週間ぶりに会う予定だったけれど、キャンセルだ。

以前なら「残念！　さびし～！」くらい書いてたと思う。でも、今は無表情で文字を打てるし、むしろ気楽になってしまった。夜はドラマの配信をもう一回見よう。

また「いいね」を押しはじめたところで、控え室のドアがノックされる。昼休みはいろいろと忙しい。

「樹里《じゅり》、マダムだよ！」

バイト仲間の女の子が呼びにきて、時計を見る。十三時五十六分。

「はーい！」

慌ててサロンに戻ると、マダム加藤《かとう》が椅子に腰かけて渋い顔をしていた。

「熊谷《くまがい》さん、あなたねえ！　毎回言ってるけど、十四時からの予約なんだから、十分前にはスタンバイしてなさいよ」

たぶん、歳はあたしのお母さんと同じ五十前後くらいだと思う。

それなのに、肩までの栗色のボブヘアも肌も、つやつやしている。時間とお金をかけて手入れしているとわかる。

「さーせーん」

あたしが謝ると、マダムが眉《まゆ》をつり上げる。

「サーセンじゃない！〝申し訳ありません〟！」

横から先輩が「申し訳ありません、申し訳ありません！」とペコペコ頭を下げている。

その仕草が、おじいちゃんの家にある赤べこ人形みたいで、あたしは笑いそうになってしまう。先輩とマダム、両方からにらまれた。

「今日はオフと、新しいジェルですよね。デザインどうしますー？」

固定席に腰かけてあたしは尋ねる。

「またお茶会があるから、和柄にしたいんだけど」

「着物は？」

「これ」

マダムがバッグからスマホを出してきて写真を見せる。着物を身にまとったマダムが、友だちらしい人と一緒に微笑んでいる。

「えー、かわいい色！　デザインのリクエストあります？」

「任せるわ」

「画像拡大しまーす。んー……これ、帯の模様、梅と雪輪と……御所車……？」

「……あなた、着物に詳しいの？」

「ぜーんぜん！　今、朝ドラで着物の模様描く女の子の話やっててー。ちょっと調べただけ。加藤さん、着物着るって言ってたから役に立つかなーって」

「まっ。朝ドラ、私も見てるわよ～」

マダムの顔に残っていた不機嫌が、消えていく。

朝ドラの話をしながら、ジェルの表面をマシンで削り、溶剤を含ませたコットンを爪に置いてアルミホイルを巻いていく。

マダムは、バイト先のネイルサロンの常連さんだ。三年前、前の担当ネイリストが辞めたので、新人だったあたしが担当を引き継いだ。

田舎なので、本人が話さなくても素性はすぐにわかる。ナントカという食品会社をやっているお金持ちの奥さんらしい。あたしがこのサロンに入ったときにはすでに、裏でスタッフから「マダム加藤」と呼ばれていた。

あたしは毎回、何かしら注意されている。口の利き方、仕草、服装、髪型まで。

「腕がいいから通ってるけど、そうじゃなかったらとっくの昔に店を変えてるわよ」

面と向かってそう言われたこともある。

でも、「新人はイヤ」と言わなかったし、友だちを紹介してくれて、マダムに出会ってからあたしの指名客はかなり増えた。毎回指名してくれるし、紹介した友だちにはあたしのことを「アホだけど、仕事は丁寧だしセンスがある」と言っているらしい。

「あらー、いいじゃない。これなら、ふだんの服にも合いそう」

できあがった爪を見て、マダムが声をはずませる。

手を動かして、いろんな角度から爪を見ているときの明るい表情。それを見ていると、あたしもうれしい。

「あなた、そろそろリタッチしたほうがいいわよ」

レジで会計をしたあと、あたしの頭に視線を向けて、またマダムが小言を言う。

「それと、その髪の色、品がないからやめなさい。もうちょっと落ち着いた色にしたら?」

あたしは胸元まで伸びた自分の髪を見る。

ピンクのカラーを入れているけど、アニメキャラみたいな色じゃない。ローズブラウンといった感じで、気に入っていた。

「ハーイ」

「返事だけはいいんだから」

ぷりぷりしながらマダムは言って、去っていく。

「よっ、おばさんキラー！」

お客の途切れた店内で、先輩が言う。

「えへへ」

あたしは照れ笑いをした。

働きはじめてわかったことだけど、実際、あたしは歳上の人からのウケがいいのだ。

「樹里はいいよね、太い客ついててうらやまし〜！」

店長が不在なのをいいことに、先輩が大きな伸びをする。

「でも、いいお客さんついてても、お金はないよ〜」

あたしが言うと、先輩は一瞬黙った。

「だね。バイトだし、ネイリストは薄給だからな〜。好きじゃなかったら続かないよ」

「ハッキューって何？」

「給料が少ないってこと。独立したらいいんだろうけど、独立する金もないしね〜」

あたしは自分の爪を見る。

絵やデザインの練習も兼ねて、左手の爪は全部ちがう模様にしてある。

ラメのグラデーション、鼈甲《べっこう》風のマーブル、シェルアート、雪の結晶柄、ホログラム。色味はそろえて、統一感を出している。

デザインを考えたり、細かい作業をしたりするのは好きだし、お客さんが喜んでくれるのはうれしい。

でも、あたし自身は、マダムのようにネイルサロンには通えない。

王子さまに会いに行くこともできない。

月曜日と木曜日は休みをもらっている。

起きる時間は毎日同じだけど、家を出なくていいというだけで気楽だ。朝ドラを見ているときも、時間がゆったり流れているように感じる。

じゅりあな横手：どういう意味？　どうしてお姉ちゃんはダメって言ったの？

スマホに音声入力してから、字のまちがいを直してコメントを投稿する。

エルゴ：もう配給制になってるんじゃない？

じゅりあな横手：配給制って何？
さおしか：戦争中だからものが足りないんだよ。だから国がものを買い上げて、値段と量を決めて売ってた。
クララ：店に行っても物がなくて、配給じゃ足りないから、闇市ってとこに行って買ってたの。

あたしの一日は、「朝ドラ、仕事、彼方《かなた》くんの情報収集、たまに彼氏」でできている。

朝ドラは、三年前にあたしの好きな俳優・井上《いのうえ》彼方くんが出ることになって、見始めた。

ちょっと前の時代が舞台になっていることが多いみたいだ。勉強ができなかったあたしには、意味がわからないことが多い。

そういうときには〈さおしか〉のサイトを見に行く。

BBS（掲示板）で、みんなの感想を見たり、質問したりする。

もともとは、旅行やおみやげの記録を残していた個人のサイトだったらしい。今は朝ドラや大河ドラマの感想をやりとりするBBSだけが動いている。

SNSがなかった時代は、こういう個人サイトがいっぱいあったのだという。あたしは字を読むのが苦手だからほとんど見てないけど、BBSの過去ログがめちゃくちゃいっぱい残っている。かなり昔からあるサイトなんだろう。

個人のサイトがあるなんて知らなかったくらいだから、当然、あたしは自力でここにたどりついたわけじゃない。

彼方くんがヒロインの相手役として朝ドラに出るとわかり、

「大正時代っていつ⁉ 彼方くん、ちょんまげになるの⁉」

とSNSでわめいていたときに、

「江戸《えど》・明治・大正・昭和・平成・令和の順ですよ。大正時代はもうちょんまげじゃない」

と教えてくれたのが〈かっしー〉だった。

ファン仲間はあたしの書いたことをギャグだと思っていたらしいし、知らない人たちからは「アホ」「義務教育の敗北」とけちょんけちょんに言われた。

でも〈かっしー〉は親切に教えてくれたし、『大正時代』で画像検索したら、おおよそのイメージはつかめるかも」とアドバイスもしてくれた。

アカウントを見にいくと、結構オタクっぽい人みたいだった。でも、いつも「奥さんが可愛い」ということを書いていて、いい人に思えた。

その〈かっしー〉が紹介してくれたのが〈さおしか〉のサイトだ。わからないことは、BBSで質問すればいいよと言って。

あたしはそれまでにも何度か、彼方くんが子役時代に出ていた過去の朝ドラや大河ドラマを見ようとしてザセツしていた。話がわからなすぎたのだ。

さおしか：まずは、一般常識レベルの知識を入れないと……！

じゅりあなさん、まずは図書館に行って『まんが日本の歴史』を全巻読みなさい。

〈さおしか〉にそう言われて、あたしは素直に『まんが日本の歴史』を読んだ。

勉強は嫌いだけど、彼方くんに関係することなので、がんばった。〈さおしか〉が進み具合をしょっちゅう確認してくるし、「もうすぐ彼方が出てた時代！」とみんながはげましてくれる。質問しながら二回繰り返し読んだら、少しずついろんなことがわかるようになってきた。

おかげで彼方くんの出るドラマは理解できたし、みんな彼方くんを褒めてくれた。〈かっしー〉は歴史にくわしいし、〈クララ〉はドラマや俳優が好きで、あたし以上に彼方くんの出演作を見ていた。〈さおしか〉と〈エルゴ〉はあたしがドラマを見ていても気づかなかった点に気づかせてくれる。

だから、彼方くんの出演が終わっても、あたしは朝ドラを見続けているし、BBSにも出入りしている。

古くさいサイトの雰囲気が、これはこれで面白いのだった。

BBSを離れ、SNSに切り替えると、夜のうちに〈かっしー〉から新しいDMが届いていた。

〈かっしー〉は仕事の都合なのか、リアルタイムで朝ドラを見ているのは週に一回くらいだ。SNSの投稿もたいてい夕方から夜にかけて。昨日、

そろそろ今年の「おいしいもの便」始めるけど、じゅりあなさんもやる？
参加希望なら教えて

とDMが来ていて、「おいしいもの便って何だっけ？」と返信したきりになっていた。

その返事が届いている。

地元で売ってるローカルな食べものとか飲みものをお互いに送りあうんだよ
もともとは、さおしかさんが始めた
さおしかさんはお休み中だから、今は僕が幹事やってる
ただ、本名と住所を知らせあうことになるしお金もかかるから、無理はしないほうがいいよ

その後、しばらく説明が続いた。
送料別で、三千円程度になるように送る。もしあたしが参加することになったら、年に一回、三人に送る代わりに、年に三回、他の人からおいしいものが届く。
じゅりあなさん、前に台湾《たいわん》ラーメン食べたいって書いてたでしょ
井上彼方がバラエティ番組で食べてたとかで
あれは僕の地元の商品です
インスタント麺《めん》でいいなら送れるよ
最後のメッセージが決め手になった。すぐに返事を送る。

やる‼

結構な出費だけど、名古屋《なごや》に行ったりお取り寄せしたりすることを考えたら、安いものだ。

彼方くんは撮影や番宣で地方にもよく行っていて、そこで食べたものや見たものをよくラジオで話したり、SNSに投稿したりしていた。遠すぎて、あたしには縁のないものだと思っていた。

「樹里、あんた今日暇でしょ」

スマホを置いたところで、台所にいるお母さんから話しかけられる。

「ヒマじゃないよ。休みだもん」

こたつに入ったまま、あたしは答えた。

「暇ってことじゃないの」

「休むって仕事があるの！」

「ゆり子《こ》おばあちゃんのとこ行ってきてよ」

「え～」

「ほら、この前、増田《ますだ》のおじさんが電気毛布くれたでしょ。あれ持って、様子見てくるだけでいいから」

「え～寒いよ。雪だよ～」

カーテンは締め切っているけど、脇から漏れている光が白い。雪が積もっているとき、外は明るいのだ。そして、雪が音を吸い込んで、とても静かになる。

渋っていると、お母さんが腹立たしそうに言う。

「わかったよ！　おつかい代あげる」

「よしきた～！」

あたしは笑顔で立ち上がった。

兄二人は会社の寮に入ることになって家を出て行き、今のあたしは両親と三人暮らしだ。

でかい図体の男二人がいなくなったぶん、家が広くなってのびのびと暮らせている。

半年ほど前、そんな熊谷家にちょっとした変化が起こった。

母方のおばあちゃんを引き取ろうという話が出たのだ。

六年前におじいちゃんが亡くなってから、おばあちゃんはずっと四国で一人暮らしをしていた。

おばあちゃんも七十近いし、秋田と四国は遠く、何かあってもすぐにかけつけることができない。部屋に空きもできたことだし引き取りたい、とお母さんが言いだしたのだ。

確かに、距離というのは結構大きいなと思う。

父方のおじいちゃん・おばあちゃんは同じ横手市内に住んでいたので、昔からしょっちゅう行き来していたけど、四国の二人とはそんなに会う機会がなかった。

あたしが四国に行ったのは、たぶん、数回だけだ。

変わった衣装を着た人たちが町中で踊り狂っていた夏の祭り。海に「うずしお」を見にいったこと。緑の陰が濃い、ちょっとおしゃれな感じがする外国風の家。そのくらいの記憶しかない。

「帰省シーズンに、わざわざみんなと同じことをしなくてよろしい。混むし、交通費も高くなるし」

「特に用事もないのに、来る必要ないよ」

というのが四国の二人の方針だったらしい。

会うときは、いつも秋田か、旅先だった。

おじいちゃんたちが東北や北海道に旅行に来たときに秋田に立ち寄る。あるいは、家族旅行のタイミングを合わせて、関東や北陸で会う。そんな感じ。

おじいちゃんもおばあちゃんも、おしゃれで、会ったときはいつも優しかったし、めずらしいプレゼントをくれた。

でも、おじいちゃんが亡くなったとき、あたしは全然泣けなかった。あまり会わず、数えるほどの思い出しかなかったから。横手のおばあちゃんが亡くなったときには、大泣きしたのに。

遠くに住んでいると、どうしてもやりとりが少なくなって、様子がわからない。

一人娘のお母さんとしては心配なのだろう。

でも、当のゆり子おばあちゃんは全然乗り気じゃなかったみたいだ。

「気候が合わないかもしれないし、いきなり決められないよ」

そう言って、一年だけ試しに秋田で暮らすことになった。

しかも、うちに空いている部屋があるのに、なぜかそれを断って、同じ横手市内のマンションに住むという。

おばあちゃんが秋田に来たのは、正月明けの金曜日の昼だった。

お母さんとあたしが秋田空港まで迎えに行った。

小さなスーツケース一つで現われたおばあちゃんを車に乗せ、「秋田ふるさと村」の中にある「佐藤養助《さとうようすけ》」でランチをとった。

佐藤養助は「稲庭《いなにわ》うどんと言ったらココ！」という秋田では有名な店だ。本場は湯沢《ゆざわ》だけど、横手にも支店がある。よそから来た人は、たいていここに連れていく。

稲庭うどんは、スーパーに普通に売っているし、ふだんはわざわざ外で食べない。でも、たまにお店に行くと、特別感があってすごくおいしく感じる。

半透明の麺は平たくて、つるつるしている。しっかりとしたコシがあって、喉《のど》ごしがいい。

つゆが二種類あるのもうれしいところ。鰹《かつお》だしの利いた醤油《しょうゆ》つゆも、香りがよくて味の濃い胡麻味噌《ごまみそ》つゆも、どちらも麺にぴったりだ。

温かいうどんも、もちろんおいしい。でも、あたしは店で食べるときは、冬でもざるうどん。からっと揚げた天ぷらと一緒に食べるのが大好きなのだ。

あたしが機嫌よくうどんをすすっていると、おばあちゃんとお母さんの間の空気がだんだん悪くなってきた。

「どうしてそう偏屈なの。わざわざマンションなんか借りて！　お金もかかるし、いろいろ見て回って部屋決めるのも大変だったんだからね！」

お母さんが言い、おばあちゃんが眉《まゆ》を寄せる。

「私はオンライン内見で十分だって言ったのを、あんたが『実際に見なきゃダメだ』って言いだしたんだろ。だいたい、同居して面倒見てほしいなんて、私は一言も言ってない」

「遠いから、何かあったときに困るでしょ！」

「私は困らない。親を放置してるって思われたくないっていうあんたの都合だよ」

「そういう発想が、偏屈だって言ってるの！　お母さんっていつもそう！　人の親切を素直に受け取ったらどうなの!?」

「じゃあ言うけどね、あんたもそろそろ、自分の性格を客観的に見直したほうがいい。いつも、『相手のため』って名目で自分から気を回して忙しくして、挙げ句の果てに、相手が感謝しないからって被害者気取り！」

あたしはうどんを食べながら、二人の顔を交互に見ていた。

二人とも不機嫌な顔をしていたけど、めちゃくちゃ怒ってるわけでもない。ギスギスしたムードに慣れきっているみたいだった。

そうだったのか、と思った。

子どもの前で見せないようにしてただけで、もともと気の合わない母娘《ははこ》だったのだ。

一応、行く前におばあちゃんのスマホに電話をかけた。

「お母さんから届けものがあるんだけど。今から行っていい？」

おばあちゃんは答えた。

「うーん……いま、出先なんだよ。十一時ちょっと前には帰れるかな。十五時から用事があるから、十四時半までなら空いてるよ」

「忙しいね。じゃあ十一時くらいに行くよ。お昼、一緒に食べよう。買ってきてほしいものとかある？　重いものとか、食べたいものとか」

「ネットスーパーで頼んでるから大丈夫。樹里が食べたいものがあれば買っておいで」

なじみのない場所でヒマしてると思ったのに、あちこち出かけているらしい。ネットスーパーまで使いこなしているなんて驚きだ。

車に荷物を積み込んで、マンションに向かった。

途中、地元のスーパー「グランマート」に寄って、焼きそばの材料を買う。林泉堂《りんせんどう》の「横手やきそば」。別売りのソースも忘れずに。六個パックの卵とキャベツ、にんじん、豚ひき肉、福神漬け。

正直、あたしはマルちゃんのソース焼きそばのほうが好きだけど、「横手焼きそば」だっておいしいし、「地元のB級グルメ」のほうがおばあちゃんも喜ぶと思ったのだ。

「わー、いろいろそろってきたね」

マンションの部屋に入り、あたしは声を上げた。

「最初、がらーんとして広く見えたのに。今はそうでもないね」

あたしもお母さんに付き合わされて、マンションやアパートを見て回った。この部屋は、あたしが気に入って推したのだ。

三階しかない古くて小さいマンションだったけど、出窓があって、クローゼットの扉が植物でできたブラインドみたいなデザインで、おしゃれ。すっきりとして広く、あたしもマンションで暮らしてみたい、と思ったものだ。

でも、そのワンルームは、今ではこたつやストーブといった暖房器具、ブランケット、プラスチックの整理用タンスでいっぱいになっている。おばあちゃんが来ると知った父方の親戚《しんせき》が、「使ってねぇアレがあるがら持《も》ってい《て》げ《ぃけ》」と言いだし、いろんなものをうちに持ち込んできたのだ。

「物が増えすぎなんだよ」

おばあちゃんは、ちょっとうんざりしたように言った。

「いろいろ貸してくれるのはありがたいけどね、スペースに限りがあるんだから、私がほしいと言ったもの以外は持ってこなくていいよ。テイストも統一されてないし」

「でもさー、ここ、マジで寒いからね。暖房はあったほうが絶対いいって。はいこれ、増田のおじさんがくれた電気毛布」

「それは寝るときに羽織ったら？」

おばあちゃんが出かけていたのは本当らしい。起きてるときに着けている。

黒のタートルネックのニットにベージュのタイトスカート、タイツを身に着けている。胸元に巻いたスカーフが華やかでなかなかすてきだった。白髪頭をショートボブにしたおばあちゃんは、昔と同じように身ぎれいにしていて元気そうだ。

「朝からどこ行ってたの？」

マイバッグを床に置き、中身をこたつの上に取り出しながら、あたしは訊《き》いた。

「バイトの面接」

焼きそばを手に取り、パッケージを見ながらおばあちゃんが答える。

「バイト!?　おばあちゃん、働くの？」

「まだ元気だからね。雪が積もらなくなったら、始めるよ」

市役所近くの和菓子屋に、「アルバイト募集」の貼り紙が出ていたのを見つけて、行ってきたのだという。年齢でちょっと渋い顔をされたのだけども、「接客のスキルを見てから判断してくれ」とその場でテストをしてもらい、即採用になったのだそうだ。

すぐに食事にすることになり、おばあちゃんがキッチンに立った。

「あたしが作るよ」

「いや、狭いし、勝手がわかってる人間がやったほうが早いから。暇なら、キャベツを準備して」

おばあちゃんが玉ねぎを刻んでいる。

あたしはリビングのテーブルでキャベツを剥《む》いて手でちぎっていた。

おばあちゃんの家には、テレビも電子レンジもベッドもない。仮住まいだから、ものを増やしたくないのだと、空港に着いたその日に言っていた。

なのに、部屋の中は親戚から回ってきたもので埋め尽くされている。おばあちゃんの言う通り、テイストもバラバラだ。

目玉焼きを二つ焼いたあと、おばあちゃんがひき肉を炒《いた》め、刻んだ野菜を投入する。菜箸《さいばし》でフライパンの中身を混ぜる手つきもしっかりしていて、手際がいい。

あっという間に、焼きそばは完成した。

マグカップとお椀《わん》に葱《ねぎ》と乾燥わかめ、中華風調味料も入れて、スープも作ってくれる。

「いただきます」

こたつに入り、二人で手を合わせる。

久しぶりに食べた横手焼きそばはおいしかった。

太めの麺《めん》が、だしの利いた甘めのソースを吸い込んでいる。目玉焼きを割って、とろっとした半熟の黄身をその麺にからませて食べるのだ。甘くまろやかな味は、普通のソース焼きそばとはまたちがう味わい。たまに食べるカリカリした甘い福神漬けが、味変にもなって飽きない。

「そう心配しなくたっていいんだよ。体に不自由なところがあるわけじゃないんだから」

しばらく焼きそばを味わったあとで、おばあちゃんが言いだした。

「買い物だって、毎日散歩がてら自分で行って持って帰れるし、必要なものがあったら買うし、一人でやりたいことはいっぱいあるから」

さすがにあたしにも、言いたいことはわかった。

おばあちゃんの顔をまじまじと見て、訊いた。

「……迷惑なの⁉」

「別に迷惑じゃないけど。……なに驚いてるの」

「おじいちゃんとかおばあちゃんって、孫のことがめちゃ可愛いんだと思ってた！　顔見るだけでうれしいのかと思ってた！」

びっくりした。今まで、顔を見せたら歓迎されるのが当たり前だったのだ。

「横手のおじいさん・おばあさんは、あんたのことを大事にしてくれてたんだね」

お皿に残った最後の麺を口に入れ、間を置いてからおばあちゃんは続けた。

「お父さんとお母さんも、あんたを愛してる」

「なんで、そこにお父さんとお母さんが出てくるの」

「身内に無条件に愛されてるなんて思えるのは、親の育て方がいい証拠だよ」

あたしはぼんやりとおばあちゃんの顔を見ていた。

「……」

「どうしたの？」

「なんか、いきなり難しいこと言われて頭が追いつかない！」

いきなりパンチを連打されたみたいだった。

「子どもだから、孫だから、ってだけで、人間は相手を愛せるわけじゃないよ」

おばあちゃんは言葉を重ねた。

再びのパンチ。体がぐらんぐらんと揺れて、頭の中がごちゃごちゃになっていた。

「えーっと、えーっと……孫は子どもより可愛いって言うじゃん!?」

「そりゃあ、育てる責任がないからね。思いつきで甘やかしても責任取らなくていいんだから、気楽だよ」

「……」

あたしの頭はまたフリーズして、ぼんやりしてしまう。

「あんたのことが可愛くないって言ってるわけじゃないよ」

表情をゆるめ、なだめるようにおばあちゃんは言った。

「あんたが家族に大事にされて育ってよかった、ってこと。あとは、孫だから何でもOKってわけじゃない、ってこと」

「……」

「あんたが『お母さんに頼まれて』とか『孫だから』って理由じゃなくあたしに会って話したいなら大歓迎だよ」

おばあちゃんはそう付け足した。

おばあちゃんに言われたことはショックではあったけれど、不思議と「悲しい」とか「腹が立つ」という感じはなかった。

ただ、頭を殴られて目の前の風景がぐらんぐらんと揺れているようだった。

帰宅したあと、パートから帰ってきたお母さんに、おばあちゃんのところで焼きそばを作って食べたことを伝える。

「なんか、おばあちゃんって変わった人だね」

お母さんは、それだけで察したらしい。

台所で買ってきた荷物の整理をしながら、言った。

「これまではあんたが子どもだから手加減してたんだね。あの人は、昔からそう。

『それは本当かもしれないけど、言わなくていいでしょ、言わないほうが平和でしょ』

ってことを言うの！」

お母さんがおばあちゃんを「あの人」と呼ぶのを聞いたのも初めてだった。

「正論だろうけど、それが理解できない人間、実行できない人間もいるってことを知らないし、できない人間に寄り添う優しさってもんがないの！」

しゃべっているうちにいろいろ思い出したのか、お母さんの声がどんどん高くなる。

「セーロンって何」

「筋は通ってて正しいけど、役に立たない意見！」

かみつくようにお母さんは言う。

お母さんも、あたしが子どもだから今まで黙ってたんだなあ、と思った。正しいお母さんでいようとしていたんだ。

「ふーん……でも、おばあちゃん、お父さんとお母さんの育て方がよかったんだねって言ってたよ」

あたしが言うと、お母さんは黙った。

ぐっと何かを呑《の》み込んだみたいな顔をして、言う。

「日頃の行いが行いだから、嫌みに聞こえる！」


一月に始まった夜十時からのドラマは、ちっとも面白くならなかった。

彼方くんが三番手で出ているので、毎回録画をして、二、三回繰り返し見る。でも、話が変な方向に突っ走っている気がする。

一つ一つの場面は悪くなくて、彼方くんが苦しんでいる顔、涙をこぼしている顔には胸がきゅっとしぼられたように苦しくなるのに、前後のつながりが「？」ばかりなのだ。

朝ドラを見ているとき、あたしだけ話がわかっていないことがあるから、一応念のためにＳＮＳの感想も見てみる。

「迷走しすぎ」

「がんばってみてたけど、ついに脱落した」

「わけがわからん」

「豪華キャストでなんでこうなった」

「井上彼方の無駄遣い」

「ゴミ脚本と演技派俳優たちのコラボレーション。悲しい」……

評判はやっぱりボロボロだった。

子役時代からの彼方ファンだというお姉さんたちは、よく「役に恵まれない」「作品に恵まれない」と悲しんでいた。それが最近になってようやく理解できた。ビジュアルや演技力は絶賛されているのに、出る作品がことごとくつまらない。地上波の主演ドラマは特にひどくて、あたしですら脱落しそうになった。出演しているドラマや映画に人気が出ないと、ブレイクもしない。

彼方くんだって、わざとそんな作品を選んで出ているわけない。

以前、BBSの〈クララ〉が書いていた。連続ドラマの場合、オファーを受ける段階では脚本が最後までできあがっていないことがほとんどで、よいドラマになるかどうかはわからないのだそうだ。

自分のことではないのに、本当に悲しくなる。

他人のためにこんなに胸が痛くなるなんて、思わなかった。

一度だけ、生の彼方くんに会ったことがある。

井上彼方という名前すら知らなかったころのことだ。

修学旅行で東京に行ったとき、自由行動の日に渋谷《しぶや》に行った。たぶん、何をしたいというわけでもなく、「名前を知っている有名な街」に行ってみたかったのだと思う。

コンビニでジュースを買い、何がおかしかったのか、あたしは友だちとめちゃくちゃ大笑いして、店を出た。

「すみません」

友だちと体をぶつけ合い、笑いながら歩いていたら、後ろから声をかけられた。

「これ、違いますか」

振り向いたら男の子がいて、ハンドタオルを差し出していた。

背が高くて、白いTシャツに黒いジャージを身に着けている。

離れたところから見ても、パッと目を引く立ち姿。

東京の人は、やっぱり普通にそこら辺にいる人も垢抜《あかぬ》けているんだなあ、と思ったのを覚えている。

彼が差し出していたハンドタオルは、水色の見覚えのあるもの。あたしのものだった。財布をバッグに戻す時に落としたらしい。

「あ、あたしの！」

慌《あわ》てて駆け寄った。

「あざっす！」

言うと、彼は少し目元をゆるませて「はい」とタオルをあたしに渡した。

それだけだった。

でも、キャップの下に見えた目が、キラキラして吸い込まれそうだった。

左目の下に小さなホクロがあって、それが優しそうだった。

びっくりして、あたしはしばらくそこに立っていた。彼は何事もなかったように、背中を向けて去っていった。すれちがう人たちがふり返ったり二度見したりしてたから、やっぱり他の人から見てもかっこいい男の子だったんだろう。

「どしたー？」

友だちが戻ってきて、あたしの腕をつかんだ。

「ヤバ！　今の人、めっちゃかっこよかった！」

「えー！　マジで？　やっぱし東京はちがうな～」

もちろん、地元にもそれなりにかっこいいと言われている男の子はいた。でも、あんな目元だけで「本当に同じ人間か？」と思わせるほどの人がいるなんて思わなかった。

彼に再会したのは、それから三日後。

たまたま部活がなくて早く帰った夕方、お母さんがドラマの再放送を見ていた。数年前にやっていたホームドラマだ。

NHK《エヌエイチケー》以外のチャンネルは三つしかない。話題になっていたドラマでも、秋田ではかなり時間が経ってから放送されることがよくあった。

「あっ!」

おやつを食べながら画面を見ていたあたしは声を上げた。

すぐにわかった。キラキラした目と、左下の小さなほくろ。

「これ、なんてドラマ?」

お母さんに題名を訊《き》き、キャストを調べて、井上彼方という名前を知った。

そのときは単純に「実際に見たことがある芸能人」という思い入れしかなかった。ドラマは見るけど、アイドルも俳優も特別に好きってわけじゃない。めちゃくちゃきれいな顔だった、とは思ったけど、黒髪の優等生タイプは好みじゃなかった。

でも、「知ってる」と思うと、ドラマやCMでちょくちょく目につくようになってくる。

そのうち、過去に出演していたドラマも無料配信サービスで見るようになり、サブスクに課金して映画も見るようになった。過去のインタビュー記事も読んで、そのころには、めちゃくちゃ好きになってしまった。

彼はあたしより一つ歳上だった。子役出身で、あたしが出会ったころは高校生や大学生役をよくやっていた。

ドラマ好きの間では「若いのに演技派」として知られていたけれど、映画はヒットせず、ドラマはけちょんけちょん。

朝ドラでヒロインの夫役になって多少は名を知られるようになったけど、その役が「はた迷惑な天才芸術家」だったのと、ドラマ自体のストーリーがおかしかったのとで、ブレイクはしなかった。

「彼方は難しい役をよくこなした。下手な俳優がやるとめちゃくちゃ嫌われたと思う」

「ひどいドラマだった。でも、自分は井上彼方が好きになったよ。演技も上手《うま》いし、声もいい」

そんなふうに〈さおしか〉のBBSでなぐさめられたのを覚えている。

「不遇のイケメン俳優」とか言われて、もう数年になる。

「不遇」というのは、才能があるのに世の中に認められないこと、らしい（ネットで調べた）。

「不遇」とか「報われない」とか「今度こそ」とか、いらないのだ。

あたしは単純に「井上彼方かっこいい！　演技上手い！　最高‼」とみんなに言ってほしい。

あたしは冬に痩《や》せる。

なぜなら、「雪寄せ」があるから。

除雪車が雪をどかしてくれるのは一般道路だけ。道路から家や店の出入り口までは、自分たちで雪を脇へ寄せなければならない。冬の間、一メートルを超える雪が積もることはざらで、多いときには一日に四回も五回も雪寄せをする。

寒い中、雪を運んだり、流雪溝に流したりしていると、汗が出てきて暑くなる。カロリー使ってるなあ、と実感する。「秋冬しか食べられないから！」と近所にある「あじまん」の大判焼きを毎日のように食べているのに、全然太らない。

二月下旬。

横手最大のイベントと言ってもいい「かまくら」「ぼんでん」が終わっても、雪はまだまだ降っている。

休みの月曜日、雪寄せをした後でだらだらSNSを見ていたら、宅配便が届いた。

宛先《あてさき》は、「熊谷樹里」様。送り主は「柏井義直《かしわいよしなお》」。一瞬「誰だっけ？」と思ったけど、「特記事項」のコーナーに「食品（かっしーセレクト）」と書いてあった。

BBSのみんながやっているという「おいしいもの便」が届いたのだ。

あたしは今回送ってもらったものを参考に、夏に秋田の食べものを送ることになっている。

段ボール箱を開けると、隙間に新聞紙が詰まっていた。

広げてみると「中日新聞」。一面は中日ドラゴンズに関するニュースだった。

うちの新聞は「秋田魁《さきがけ》新報」だし、うちのおじいちゃんとお父さんは巨人ファンだ。

「カニチップ」、「しるこサンド桜」、「生せんべい」、「おにぎりせんべい」、「千《せん》なり林檎《りんご》あん」、「あさくまコーンスープ」。見たこともないお菓子やレトルト食品。

袋麺《めん》はいっぱいあった。「宮きしめん　しょうゆ味」、「スガキヤラーメン」、「みそ煮込うどん」、「台湾ラーメン」。

カレーうどん用のレトルトカレーも入っている。

どれもこれも、初めて見るもの。それだけで、すごくわくわくした。

袋ラーメンに挟むようにして、封筒が入っていた。

花柄の可愛い封筒。オタクの〈かっしー〉らしくないな、と思ったのだけど、封をしたシールが家紋っぽい。よく見たら封筒に「THE TOKUGAWA ART MUSEUM」と書いてある。意味はよくわからないけど、「トクガワ」だからたぶん徳川家康《とくがわいえやす》の関係だろう。『まんが日本の歴史』を読んだので、名前くらい知っている。太ったちょんまげのおじさんだ。何した人か忘れたけど。

中を見ると、同じ柄の便箋《びんせん》に手書きの文字が並んでいた。

じゅりあな横手さんへ

稲庭うどんへの挑戦状。名古屋が誇る麺類たちを食べてくれたまえ。

台湾ラーメンは、まるで台湾生まれのような顔をして、名古屋発祥です。台湾料理のエッセンスを取り入れて、名古屋で発明されたのだとか。たぶん、井上彼方が食べていたのは「味仙《みせん》」という店のものだと思う。元祖がその店だから。

味仙監修のもの（おみやげ用）とスガキヤのもの（スーパーで売ってる）、二種類入れておきました。楽しんでください。

スガキヤはたぶんほとんどの名古屋人にとって、子どものころからなじみ深いラーメン屋です。安いので、学生時代は僕もよく行ったよ。

秋田はまだまだ雪が降っているようだね。2月下旬になって、名古屋は急に暖かくなってきました。もう冬用コートだと暑いくらい。ではまた。

かっしー

あたしにわからないと思ったのか、漢字には読みがながつけてあったし、「発祥」の上に「(生まれ)」、「元祖」の上に「(はじまり)」と小さく書き足してあった。

名古屋県ってどこにあるんだっけ？

スマホで調べたら、「名古屋県」じゃなくて「愛知県」だった。

宅配便の送り状を見たら、確かにかっしーの住所は「愛知県名古屋市」になっている。

日本地図で見ると、愛知県は、本州の真ん中よりちょっと下のほうにある。彼方くんの出身地である静岡県の、左隣。

秋田県は、本州の右上だ。

地図で見るとそんなに遠くには感じない。でも名古屋はもう春なんだ。

それがものすごく不思議な気がした。

同じ朝ドラを見て、ほぼ同時にBBSに感想を書き込んでいるのに。あたしが腰まで積もった雪を掘っている間に、〈かっしー〉はもう春の中にいる。

「知り合いから台湾ラーメン送ってもらった。一緒に食べない？」

そう電話すると、おばあちゃんは「いいね」と言った。

迷惑そうではなかった。

どうしておばあちゃんのところへ行こうとしたのか、よくわからない。

秋田の外のことを知っていて、他の人が言わないようなことをズバズバ言う人だ。あたしの感じた「不思議」に説明をつけてくれると思ったのかもしれない。

スーパーに立ち寄って、ラーメンのパッケージに書いてある具材を買っていく。

「今日は半分こして、台湾ラーメンの食べ比べしよう。他にもあるから、食べたいものあったら言って。別の日に一緒に食べよう」

〈かっしー〉の送ってきたものをこたつの上に並べて見せる。

「生せんべい。これは食べたことない」

おばあちゃんはすぐに答えた。

「オーケー。他は食べたことあるの？」

「だいたいね。私も愛知の知り合いにもらったことあるから」

「あたしは全部初めてだよ。台湾ラーメン、めっちゃ楽しみ」

〈かっしー〉の送ってくれた台湾ラーメンは、どちらも乾麺だった。「寿がきや」のほうはスープが粉末で具なし、「元祖味仙本店　監修」と書いてあるほうはスープが液体でかやくつき。

スープは二種類とも赤っぽく、それだけですでに辛そうだった。

食器が足りないので、お椀《わん》、茶碗《ちゃわん》、スープ皿、小鉢にスープと麺を分け、ニラとひき肉を上に載せる。

立ち上る湯気。白い細麺に濃い色のスープが絡む。スープに浮いた肉の脂がきらきら光っている。

まずは、「味仙」のほうから、スープを一口。確かに辛いのだけども、辛みだけじゃない、甘みも感じる。口にした直後よりも、時間が経ってからのほうが辛みを感じた。喉《のど》の奥とくちびるが、唐辛子の刺激でピリピリする。スープとニラの香り、舌を休ませてくれる麺の優しさに、ひき肉の旨《うま》み。

「寿がきや」のほうが、スープの辛みはおだやかな気がした。こっちは、スーパーで普通に売っているものらしいから、食べやすくなっているんだろう。追加したニラとひき肉が新鮮なものだから、そっちの存在感も強い。

「辛い！……けど、おいしい！」

あたしはうめくように言った。

おばあちゃんの出してくれた冷たい牛乳が、舌を癒《い》やしてくれる。

おばあちゃんも辛いのか、舌を出していた。

同じように牛乳を飲んでから、言う。

「汗が出てきた」

「あたしも」

辛いものを食べると、なんだか笑えてきてしまう。

彼方くんが食べていたお店のものは、めちゃくちゃ辛いのだとテレビで言っていた。

まったく同じものでなくても、それに近いものを味わえたことがうれしい。

「名古屋はもうあったかいんだって」

二種類のラーメンを完食したあと、まだひりひりしたくちびるで、あたしは言った。

おばあちゃんが汗を拭《ぬぐ》う。

「ここよりはずっと南だしね」

「東京まで新幹線で一時間半くらいしかかからないって言ってた」

〈かっしー〉は朝ドラも見るけど、大河ドラマが好きなのだ。

結構前にSNSで、大河ドラマのイベントのために日帰りで東京に行ったという話をしていた。

「いいよね。あたしがここから東京に行こうと思ったら、新幹線使っても片道四時間以上かかるよ」

「あんた、東京に行きたいの？」

おばあちゃんが訊《き》く。

「その歳になっても実家でぬくぬくしてるから、地元が好きなんだと思ってた」

「地元は好きだし、東京が好きってわけじゃないよ。でも、東京とか都会にしかないものもあるじゃん」

ちょっとだけ迷ってから、あたしは話した。

好きな俳優が、初めて舞台に出ることになったこと。しかも、いきなり主演をするのだということ。

彼方くんはアイドルじゃないから、ライブみたいに直接会える機会はめったにない。たまにドラマのイベントがあるくらいだけど、他の俳優のファンも応募するからかなりの倍率だし、なによりお金がなくて気軽に行けない。

初の舞台なら、できる限り席は埋めてあげたい（余計なお世話？）けれど、舞台のチケットは高い。とんぼ返りで無理やり日帰りにしても、細々したお金も合わせると五万円かかるし、その金額はあたしにとっては大金だ。

友だちづきあいや身なりにかけるお金を全部それに回せば、行けないことはない。

でも、そこまでして行ったのなら、日帰りはもったいないと思ってしまう。

「井上彼方……朝ドラでヒロインの夫役やってた子だね」

「知ってるの⁉」

知らないと言われることのほうが圧倒的に多いから、つい声を大きくしてしまう。

「知ってるよ。朝ドラ見てたから。顔もいいし、演技も上手《うま》い」

「そうなんだよ、そうなんだよ！」

おばあちゃんが尋ねる。

「その舞台は、東京でしかやらないの？」

「大阪でもやるよ。でも大阪なんか、東京以上に遠いでしょ」

今朝、名古屋を調べるついでに地図で見たから、大阪の場所も知っている。

「大阪？」

おばあちゃんの目が、一瞬、ぎらりと光った気がした。

「どうしたの？」

「いや……」

おばあちゃんはしばらく何か考えていたようだったけど、マグカップを置いた。

首をすくめて、言う。

「まあ、嘆いたってしょうがない。人は配られたカードで勝負しなきゃいけないんだから」

「カードって、何のカード？　あたし、マイナカードと運転免許くらいしか持ってないけど。ポイントカードもあり？」

「たとえだよ。どの場所に生まれるか、どの親のところに生まれるか、どんな顔でどんな才能があるか、選べないし、平等じゃないってこと」

「まあ、それはそうだね。東京のお金持ちの家に生まれたら、何回でも会いにいけるのにな～」

東京の家賃がめちゃくちゃ高いことくらい、あたしも知っている。

東京のファンは、交通費やホテル代、移動の手間がかからない代わりに、高い家賃と生活費を払っているのだった。

「気持ちはわかるが、羨《うらや》んだって、誰も何もしてくれない。あんたは自分のカードでなんとかしなきゃ。あんたの持ってる力で収入を増やすんだよ」

まっすぐにあたしの顔を見つめ、おばあちゃんは言った。

「収入って給料のことだよね？　ネイリストはハッキューなんだよ」

「雇用契約はどうなってるの？　正社員？　アルバイト？」

「アルバイト」

「バイト先のサロンの仕事しかしてない？」

「うん」

おばあちゃんはため息をつき、頭を振った。

「はー。これだけ自由でツールもそろってる時代に、時間と才能を無駄にするんじゃないよ」

食器を脇へ寄せ、おばあちゃんはぐいと身を乗り出すようにした。

「あんた、SNSのフォロワーが多いね」

「うーん、まあね……ん？　あたし、おばあちゃんにSNSの話したことあった？」

おばあちゃんは一瞬黙った。

「してないけど、わかるよ。あんた、自分の情報垂れ流してるから。『横手』で検索したときに引っかかったんだね。すぐわかったよ。それに、中学生のころ、学校で自己紹介したら、じいさん先生に『じゅり、じゅり、ジュリアナ東京〜』って意味不明なこと言われたって言ってたじゃないか」

「……そうだったっけ？」

いろんなところでこの話をしているから、おばあちゃんに言ったかどうかは覚えてない。

「ジュリアナ東京」で検索したら、いかれたカッコのお姉さんたちの写真が出てきて、おもしろかった。それが頭に残っていて、たいていのサイトのアカウント名は〈じゅりあな横手〉にしている。

「あんたのフォロワー、井上彼方ファンより、アイドルファンのほうが多いね」

考えたことはなかったけど、言われてみたらそうかもしれない。

「たぶん、俳優のファンより、アイドルのファンのほうが多いんだよ、全体の数として。俳優のファンは軽く好きって人が多くて、アイドルはガチって感じ。ライブとかグッズで課金するしね」

「アイドルのファンが、どうしてあんたをフォローするの？」

「わかんないけど、あたしが、彼方くんの共演者も褒めるからじゃない？　推しがファン以外から褒められるのはうれしいんだよ」

「ちょっと待ちな」

言いながら、おばあちゃんは立ち上がった。

壁にかけたバッグの中から手帳とペンを取り出し、持ってくる。

テーブルに戻ってくるなり「推し以外を褒める」と手帳に書いている。

「なんで書いてるの⁉」

「いいから、続き」

「あと……彼方くん、共演したアイドルの子たちと仲良しなんだよ。インタビューとかラジオとかSNSで、彼方くんや友だちが、お互いのこと話したり一緒に写した写真のせたりしても、推し以外がやったこと、気づかないでしょ。だから、お互いに情報流す。あとはー……あたしがデザインした推しネイルを参考にしてるとか？」

おばあちゃんが手帳に、「アイドルの情報提供」「推しネイルデザイン」と書きつけていく。

「舞台はいつ？」

「五月の終わりから六月」

「それは東京？」

「そう」

「大阪は？」

「七月の前半」

おばあちゃんはノートパソコンを立ち上げて、何やら調べはじめた。手帳に、「新幹線」「秋田—羽田《はねだ》」「LCC」「20000〜25000」などと書きつけている。

しばらく書いたものを眺めていたけれど、パソコンを閉じて言った。

「よし、あんた、東京公演のチケットを取りな。日付はいつでもいい、あんたが仕事を二日連続で休めそうなときに」

「……いま二月だよ？　五月や六月の休めそうな日なんてまだわかんないよ」

「バカだね！　休みは店じゃなくて、あんたが決めるんだよ。アルバイトなんだろ。

自分の都合が優先！　あ、チケットは二枚ね」

「二枚って、だれの？」

「あんたと私」

「一緒に来てくれるの？」

一つでも多く席を埋めてくれるなら、ありがたい。

古典を下敷きにした難しそうな話なので、人が入らないのではないかとファンのお姉さんたちが心配していた。

「それはうれしいけど……お金はどうするの？」

「作るんだよ、これから！」

おばあちゃんはまっすぐあたしの目を見つめた。

「いいか？　王子さまに一回会うだけなら、半年、ほしいものやしたいことをひたすら我慢すればいい。でも、これからチャンスがあるたびに会いに行きたいのなら、パスポートがいる。私がこれからあんたにあげるのは、そのパスポートだ」


最初におばあちゃんが指示してきたのは、「この推しネイルとかいうやつの、つけ爪を作れ」だった。

あたしがSNSにアップした写真を指さしている。

「できるけど、作ってどうするの？」

「売るんだよ」

「どうやって？」

「観測気球みたいなもんだから、最初は手間をかけずにフリマサイトを使う」

「カンソクキキューって何」

「『お試しに』ってこと。あんた、これをネイルサロンで作ったらいくらで売れる？」

使っている素材とデザインを見て、あたしは金額を伝えた。

「でもさー、これ、わざわざ買う？　今、動画とかいっぱいあるから、お金ない子は自分で動画見てやるよ？」

「そんな器用な人間は、ターゲットじゃない。あんたはこれが普通にできるからわかってない。できない人間は、動画見たってできないんだよ。もしくは、手間や苦労より時間が大切。あんたたちネイリストは、そういう人間に金銭を対価にして技術を提供してるんだろう。サービスってのはそういうもんだ」

「ごめん、なに言ってるかわかんない。難しい言葉使わないで」

「自分でやれないけど、金を払ってでもこういう爪になりたいって人はいるってこと。

ついでに言うと、オタクは自分の好きなことになると金を遣うハードルが下がる。おまけに見たところ、アイドルファンはあんたよりずっと歳上の、金を持ってる世代が多い」

「そうかなぁ……？」

アイドルのファン層についてくわしいことはわからない。

でも、確かに、彼方くんのファンでせっせとイベントに足を運んでいる人たちは、よく自分の子どもの話をしている。

「この『メンカラ』ってやつは、別のアイドルグループでも使えるだろ。同じデザインでいくつか作ろう」

うきうきとおばあちゃんが言い、あたしはすぐに止めた。

「まったく同じのは使い回せないよ」

スマホを取り出し、いくつかのサイトをタブで開く。それを見せながら説明した。

「こっちのグループのこの子は黄色なら何でもいいって感じだけど、この二人は同じ黄色でも、色味がちがうの。あと、この星の柄にも意味があるわけ。これは、この子のソロ曲にスターダストって言葉が入ってるからなんだよ」

初めておばあちゃんがフリーズした。

両手の指先をこめかみにあてててしばらくうなっていたけど、顔を上げて言った。

「私には全部同じ色に見えるけど……あんたに任せる！　聞いた限りじゃ、わかってないとできないデザインみたいだから、それもアドバンテージだ。強気の値段を設定しよう」

おばあちゃんが手帳に値段を書きつけた。

「いいのかなあ……売れる？　あたしなら買わないけど……」

「さっきも言っただろ、あんたみたいな人間はターゲットじゃない。センスとか技術を持ってる人間は、その価値を低く見積もりすぎるからいけないよ」

色味の区別がつくのも、「ジュドウキツエン」によってファンでもないアイドルにくわしくなっているのも、武器なのだ。そうおばあちゃんは言った。

「登録や対応、発送なんかの、事務的な作業は全部私が引き受ける。まずは経費分を差し引いて三万円を売り上げるよ」

おばあちゃんの目がぎらぎら燃えていた。

おばあちゃんは売れると言うけど、あたしはそうは思わなかった。

あたしだったら買わないし、その金額を出すなら自分でやる。

それに、ネイリストの仕事をして三年になるけど、働きはじめてわかったことは「ネイルにお金をかける人間は多くない」ということだった。市内にネイルサロンが多くないのも、そういうことなのだと思う。

おばあちゃんは燃えているし、あたしのためにがんばってくれるという。だから、チップは作りはじめたけど、あたしは最初から売れなかったときのことを考えていた。

売れなかったら、普段からわりと仲良くしているフォロワーの子にあげよう。

アイドルファンのその子たちのことを考えて、彼女たちの「推し」の情報をいっぱい盛り込みつつも、可愛くて普段も使えるデザインに。

そうやって、せっせと作った。

やってみると、結構おもしろい作業だった。

あたしが彼方くんの舞台を見にいきたいと思うのと同じように、彼女たちは推しのライブに行きたい。彼と同じ色を身につけたい。彼を感じるものを身近に置きたい。

相手はこっちの存在なんか知らないし、こっちが何をしようが相手の人生に何の影響もない。そんなことはわかっている。でも、自分の好きな人にすてきな姿を見せてもらえたらハッピーだし、その好きな人にもハッピーでいてほしい。

そういう気持ちはとってもよくわかる。だから、同じ気持ちを持つ仲間にプレゼントをするような気分で、あたしはチップを作った。

作ったあとは、おばあちゃんにほぼお任せ。あたしは、写真を撮って、短いコメントとフリマサイトへのリンクをつけてSNSに投稿しただけだった。

「預かった分は、全部売れたよ」

三月中旬、おばあちゃんのマンションに行くと、何でもないことのように言われた。

「マジで⁉　え、十セットくらいあったよね⁉」

「嘘じゃない」

こたつの向かい側に座ったおばあちゃんが、開いていたノートパソコンをこちらに向ける。「取引履歴」と書いてあるページだ。

見てもよくわからないので、十一件あることだけ確認する。

「なんで⁉　サロンにそんなに人来ないのに！」

「これを見な」

おばあちゃんが、ずいと自分の左手を差し出してくる。

爪にジェルネイルがついていた。

ブルーグレーをベタ塗りし、薬指の爪にだけ小さなビジューを置いている。

「おばあちゃん、自分でやったの？」

あたしはおそるおそる訊《き》いた。

ジェルはムラなくきれいに塗れているけど、ビジューを置いたあとで失敗したのか一部がヨレたままになっている。爪の形は生まれつきだから、どうしてもきれいな形にならないこともある。それでも、もう少しなんとかならなかったのだろうか。そもそも、この色味はおばあちゃんの肌に合っていない。肌がどす黒く見える。

「ちがうよ。角館《かくのだて》のほうに遊びに行ったとき、ネイルサロンでやってもらった」

「マジで……？」

この色で、と指定されない限り、あたしだったら、おおまかな希望を聞いた段階で、肌がきれいに見える色を提案する。ビジューだって、もう少し左にずらして大きさに変化をつけたほうがバランス良く見えるのに。

「わかっただろ。お金を取ってやってるネイリストでも、ピンからキリまで。そもそも、私自身は、このレベルでもできないしね。あんたの技術は高いんだよ」

「そっか……」

「胸を張って、代金を受け取りな」

「でもさー、うちのサロン、そんなにお客さん来ないよ？　なんでネットだと売れるの？」

「顧客が横手市内から全国に広がったんだから、当たり前だよ。しかも、ネイルに興味がある人だけじゃなく、アイドルの名前で検索した人にも見つけてもらえる」

お茶を一口飲み、おばあちゃんは続けた。

「それにあんたは期せずして、ファンに直接アプローチできる手段も持ってる。当然、競合相手もいっぱいいるが、あんたには差別化できるだけのデザインセンスもある」

「難しい言葉使わないでってば……」

言いながらも、頭がぼんやりして、声が弱くなった。

あたしの様子を見て、おばあちゃんも黙る。

二人で黙って、熱いお茶と一緒に「生せんべい」を食べた。

この前、〈かっしー〉が送ってくれた愛知のお菓子だ。

「せんべい」という名前なのに、全然せんべいじゃない。もちもちした食感の、ほんのり甘く平べったいお餅《もち》だ。

茶色の「黒糖味」に、白色の「はちみつ味」。千鳥・波・松がプリントされたレトロなパッケージも可愛らしい。

甘さ控えめで腹持ちがよく、結構気に入った。

ネイルチップを作っている間、あたしは〈かっしー〉が送ってくれたものを少しずつ家族と一緒に食べていた。

赤と黄色、明るい色合いのパッケージの「カニチップ」は岐阜県の会社が作っているそうで、袋を開けたときにふわっとカニの匂いがした。淡いピンクのスナック菓子で、軽い食感と舌に吸い付く感じが面白かった。

両口屋是清《りょうぐちやこれきよ》の「千なり」は、どら焼き風のケーキでふわっふわ。中に入っている林檎《りんご》あんもしゃきしゃきしていて、すごくおいしい。

でかすぎる目玉の女の子と「Sugakiya」の文字がパッケージにプリントされた「スガキヤラーメン」は、豚骨ベースだけど魚介の風味もある。コクがあるのにくどくはない、マイルドな味付け。〈かっしー〉の話だと、地元民はほぼ全員知っているラーメンみたいなのだけども、あたしは名前すら知らなかった。それが不思議だった。

初めて知ったお菓子やラーメンを食べながら、あたしは何となく、あたしの見てる世界と〈かっしー〉の見てる世界、そして彼方くんの見てる世界は全然ちがうのかも、と思った。だって、身の周りにあるものがちがうんだから。

旅行で県外に行ったときには感じなかったことだった。

同じ国で暮らしていて言葉も通じるから、なんとなく同じように生きている気がしていた。でも、よくよく考えたら、毎年一メートルの雪が積もる場所と、めったに雪が降らない場所で生きている人間が同じ感覚でいるはずがない。

冬や雪に持っているイメージだって、だいぶんちがうだろう。

あたしは自分の住むこの街が好きだけど、なじみすぎている。特に理由もなく、当たり前みたいに「家から通える場所」で仕事を探した。子どものころと同じように、今もまだ、ここから見えるものだけが世界のすべてだと思っていた。

台湾ラーメンを食べたときのくちびるの「ひりひり」がよみがえる。

台湾料理のエッセンスは、遠く離れた名古屋に運ばれて、名古屋のものになった。

あたしだって、本気でそうしたいと思えば、横手を出ることができる。東京にも愛知にも住めるのだ。当たり前のことかもしれないけれど、あたしはそれを初めて知った気がした。

「あたしって、ものを知らないんだね」

あたしが言うと、おばあちゃんは目を見開いた。

「そうだよ!?」

ものすごくびっくりしていた。

「そんな力いっぱい言わなくてもいいじゃん……」

「開眼したついでに、話を進めるけどね。ネットのほうで足がかりを作ったから、次はリアルで販路を開拓する。休みの日は、一日残してあとは仕事に捧《ささ》げてもらうよ」


次の休み、おばあちゃんに連れていかれたのは老人介護施設だった。

施設を二つはしごして、「おばあちゃんのバイト先のお店の人のお母さん」と、「おばあちゃんが通い始めた絵画サークルの仲間のお姉さん」に施術した。

知らないうちにあたしは「将来、福祉ネイリストになるために勉強中」ということにされていて、「練習させていただく」のだそうだ。

「しかもタダ働き!?　どういうこと!?」

「説明は後」

おばあちゃんは、マネージャーとしてあたしについて来て、ちゃきちゃき話を進めた。

施設のリビングみたいな広場で、あたしは初対面のおばあさんにハンドマッサージと爪のケアをして、速乾性のネイルポリッシュを塗った。サロンでのオーダーはほとんどがジェルネイルだけど、今回は家族が簡単に落とせるものじゃなきゃいけない。

広場の大きなテレビでは朝ドラの再放送をやっていた。おばあさんや、周りで見ていた人たちと感想を言い合いながら、作業を進める。

乾いた爪を何度も眺めているおばあさんの顔が明るく、うれしそうで、こっちもうれしくなった。タダ働きも、たまにはいい。

二つの施設を回ったあと、市役所近くの洋食屋でおそいランチをとりながら、おばあちゃんが言った。

「ちゃんと営業かけといたよ。好感触だ。イベントとしてやるか、注文を取りまとめて呼んでもらう形になるかわからないけど、近いうちに何らかのアクションはあると思う」

説明される前に、あたしは言う。

「あのタダ働きで、ハンドケアとかネイルってもんがあるぞ、ってみんなに見せたんだね」

施術している間、広場には車椅子にのったおじいさんや、窓際のソファでひなたぼっこをしているおばあさんが何人かいた。面会に来ているらしい、あたしの両親くらいの歳の女の人もいた。みんな興味しんしんで、あたしのすることを見ていた。「マニキュア」というものがあることくらい、みんな知っていたはずだ。でも、あたしが目の前で施術するまで、きっと思い出しもしなかった。

その周りの反応やおばあさんの明るい顔を見せたうえで、おばあちゃんは個人じゃなく施設のほうに営業をかけたのだ。

「施設としても、レクやイベントのバリエーションはあったほうがいいからね」

そう答えるおばあちゃんを、あたしはまじまじと見た。

背筋がぴんと伸びていて、ナプキンで口元を拭《ぬぐ》う仕草も上品だった。

「おばあちゃんって、何の仕事してた人なの？」

全然、この人のことを知らなかったことに気づく。

亡くなったおじいちゃんのことも、お母さんから「仕事で日本中を飛び回っていて、家にいなかった」くらいのことしか聞いていない。

これは、横手のおじいちゃん・おばあちゃんも同じだった。

「自分のおじいちゃん・おばあちゃん」というだけでわかったような気になっていて、どういうふうに生きてきたのか、知らないのだ。

「何も」

おばあちゃんは短く答えた。

「結婚前に百貨店に勤めていたことはあるけど、ずっと専業主婦だったよ。投資で資産運用してたくらい」

「そうなの？　なんか、仕事についてめちゃくちゃくわしくない？」

「昔から、お金を稼ぐ方法について興味はあったよ。あんたと同じように、会いたい人に会いに行くために頭をしぼってたから。歳取ったぶん、あんたより知ってることは多いしね。でも、外で働けなかった」

「どうして？」

「時代というか、家柄というか……あんたたちには信じられないかもしれないけど、『妻が働くのは恥ずかしい』って思う人たちもいたんだよ」

「なんで？」

「妻が働きに出なきゃいけないってことは、夫の稼ぎが少ないってことだろう、って思われるから。仕事を辞める、っていうのが夫の両親から結婚を許された条件だった。夫は別に反対してなかったんだけどね。でも、私の母は早くに亡くなってるし、親は父だけ。夫は出張が多くて家にいなかったから、子どもを育てようと思ったらどうしても夫の両親の力は借りなきゃいけなかった」

あたしはおばあちゃんの顔を見たまま、カッサンドを食べていた。

全然、現実のことのような気がしなかった。

彼方くんが出ていた朝ドラも、大正時代の話だったから、「なんで？」「どうして？」ばかりだった。それと、同じような感じだった。説明されても、その説明に対してまた「なんで？」「どうして？」が生まれてしまう。

「別に、働きたい働きたい、ってずっと思ってたわけじゃないよ」

おばあちゃんは付け足した。

「若いころは、結婚したいって気持ちのほうが強かったし、子どもが生まれてからは子育てのことで頭がいっぱいだったしね」

ただ、多くの人は仕事を通して自分の才能や資質に気づいていく。自分にはどんな能力や資質があったのか、今でもわからないし、自信を持てないままでいる。

「専業主婦が悪いとは思わないけどね。好きな仕事ができて、才能を発揮できるあんたは幸せだよ」

そして自分は、今の状況に満足して、ガツガツしないあんたがもどかしかっただけ。

おばあちゃんはそう言った。


季節は移り変わっていった。

雪は解け、四月の下旬には桜が咲いた。秋田の春は遅く、水仙も梅も木蓮《もくれん》も菜の花も、一斉に咲く。

申し込んであった舞台のチケットは無事に取れた。

老人介護施設にはイベントで呼んでもらい、タダ働きの日に居合わせた人から、個別で出張ネイルを頼まれた。「うちの母、ネイルをうらやましそうに見てたし、朝ドラの話してるのが楽しそうだったから」とうれしいコメント付き。

あたしの一日を作っているものは、「朝ドラ、サロンの仕事、副業、彼方くんの情報収集」になった。「彼氏」は消滅した。

もともと、会う回数は減っていた。なんとなく、自然消滅する予感もあった。でも、特に別れたいとは思っていなかった。

なのに、「久しぶりにうち来たら？」とメッセージが来たとき、せっせとネイルチップを作っていたあたしは「邪魔が入った」と思ってしまったのだ。彼氏の存在を完全に忘れていた。

付き合いはじめたころは「大大大好き！」だったんだよなあ、と思うと淋《さび》しくもなった。でも、男と女は一回気持ちが冷めたらダメだと思う。

「芸能人に操を立てるんじゃないよ」

あたしの話を聞くと、おばあちゃんは渋い顔をしてそう言った。

「ミサオってだれ？」

「井上彼方のために現実の男をおろそかにするなってこと」

「オロソカ……えーっと、つまり、リアコはやめろってこと？」

「何を言ってるのかわからない。あんたと私、言葉が通じないね」

おばあちゃんはスマホを手に取り、「りあこ」と話しかけた。

「はあ、『リアルに恋してる』ね……」

画面を見ながら、おばあちゃんが感心したように言う。

あたしは言った。

「彼方くんはめっちゃかっこいいしラブだけど、そういうんじゃないよ。昔から何回も共演してる可愛い彼女いるしさ」

「週刊誌に撮られてた。彼女が人気あるから。事務所も否定してない」

「そうなの？」

首をかしげるおばあちゃんに、説明する。

「うーん……漫画とかドラマのキャラと同じ。いくら好きでも、絶対に付き合いたい！　と思わないじゃん。現実にいないんだから。彼方くんは現実にいるけど、いないのと同じっていうか」

生で見たい、会いたい。

心の底からそう思うし、そのためにお金を作ってる。

でも、王子さまはおとぎの国の住人だから、同じおとぎの国のお姫さまと結ばれてほしい。

ショックだと言うファンの気持ちもわからないわけじゃないけど、彼方くんはアイドルじゃなくて俳優だから、別に恋愛してもいいと思う。あたしは好きな人が、好きな人と外でデートもできず、結婚もできず、仕事のためにプライベートを犠牲にしているのだとしたら、そっちのほうが苦しい。

「別れたのは、彼方くんのためじゃない。あたしは今、仕事がめっちゃ面白いんだよ。おばあちゃんのおかげで」

あたしはそう言った。

「チップのオーダーメイドもやってみたい」と思って、おばあちゃんにそのサービスのページも作ってもらっていた。オーダーの内容そのままじゃなく、その人の「推し」の情報も収集して、デザインを提案する。その作業が、とても楽しい。

そして、おばあちゃんの作戦の影響で、予想外のことも起こっていた。

一昨日《おととい》、サロンに来た常連のマダム加藤が、帰り際にあたしを店外へ呼び出したのだ。

「なあに？　あなた、外でいろいろやってるみたいじゃない」

彼女は老人介護施設の名前を出した。

「えっ、なんで知ってるの？」

「〝どうしてご存じなんですか？〟」

マダムが教え込むように言う。

「どうしてゴゾンジなんですか？」

あたしが言い直すと、マダムはにやりと笑った。

「田舎の世間は狭いの」

東京まで好きな人に会いにいきたいのだ、とあたしは説明した。

彼方くんのこと、舞台のこと、行くまでにかかる費用と時間のこと。おばあちゃんに話したのと同じ内容を、繰り返した。

「イノウエカナタ……ごめんなさいね、知らないわ」

マダム加藤はしばらく考えるようにしてから、言いだした。

「サロン通さずに、出張ネイル頼んであげようか？　あなたバイトだから、ここじゃ、いくらお客が増えても、そんなに給料変わらないでしょ」

「え、あ……あざっす！　でもー、それはジンギニハンスル？　なんで。加藤さんは、これからもここに来てほしい、です」

「あなた、言葉の意味わからずしゃべってるでしょ。あと、『あざっす』じゃなくて『ありがとうございます』、『恐れ入ります』よ」

マダムはいつも通りの説教をして、バッグの中から小さいケースを取り出した。

「じゃあ、私も、前に紹介したお友だちも、これからもここに通うけど。一回、ここに連絡して。お友だちと家でお茶するとき、別の人を紹介してあげるから」

マダムはそう言って、名刺を差し出した。

真新しい和柄の爪が、メールアドレスを指している。

あたしはマダムの顔を見つめた。

「加藤さん、あざっ……じゃなくて、オソレイリマス」

マダムは鼻を鳴らした。

「別にあなたのためだけじゃないの。いいものを紹介するのは、恩を売ることにもなるしね。その代わり、うちに来るときには、まともな格好をしてきてもらうわよ。私の顔に泥を塗らないでちょうだい」

マダムの目が、上から下まで検品でもするようにあたしを見る。

髪型と髪の色、化粧。外で見かけたという私服にまでダメ出しされた。

あたしは迷った。髪を染め直したり、新しい服を買ったりしたら、お金が飛んでいってしまう。

でも、あたしの話を聞いたおばあちゃんはすぐに言った。

「その奥さんの言う通りにおし。若い子には若い子の感性があるんだろうと思って黙ってたけど、正直、私もあんたの身なりはどうかと思ってた。肌を出しすぎてるし、髪の色も派手すぎる」

「ええええ〜、好きじゃない服と髪にお金使いたくないよ〜！」

「先行投資だよ。必要経費。好き嫌いの問題じゃない、信用を得るためのユニフォームだ」

おばあちゃんの真似をして、あたしもスマホに「センコートーシ」と話しかける。ちゃんと漢字になって出てきた。あたしよりスマホのほうが賢い。

「服って、どういうのを買えばいいの？」

「その奥さんに相談しな。たぶん、頼られることが嫌いじゃないタイプだ。そして、アドバイス通りにしたら喜ぶ」

　それから、おばあちゃんは少し目元を優しくして言った。

「その奥さんは、たぶんバイト先の雇い主よりあんたの腕を認めてるし、高く買ってる」

　そうかもしれなかった。

　毎回の小言はうるさいなあと思っていたけど、あんなにお客さんを紹介してくれた人は他にいない。

「樹里が素直で、こつこつ腕を磨いていたからだよ。きっかけは特養ホームかもしれないが、その奥さんがあんたのために何かしてやりたいと思ったのは、これまであんたが信頼に足るだけの仕事をしてきたからだ」

　おばあちゃんに言われ、うっかり泣きそうになってしまった。


　BBSに出入りするようになって初めて知ったことだけど、他の県ではテレビのCMで修学旅行の情報が流れないらしい。

「○○小学校修学旅行団　△△のホテルに到着し、夕食中です」とか、教えてくれないのだそうだ。びっくり。

――そんな話はおいといて。

修学旅行情報が流れるようになったころ、東京行きのお金が貯まった。

それでも、あたしは働き続けた。

いつものサロンの仕事に加えて、マダムの家のお茶会に出張して奥様たちの手足の爪を塗ったり、オーダーを受けて全然知らないアイドルの推しネイルを研究したりして毎日を過ごした。

介護施設のイベントに呼ばれたのは一回きりだったし、うまくいかなかった仕事も当然あった。それでもいい。

子どものころから、髪をアレンジしたり、化粧をしたり、爪をきれいにしたりと美容には興味があったし、ネイリストの仕事も好きだった。でも、サロンの仕事以外のことを始めるようになってから、がんばった分、結果がはっきり目に見えるようになってきて、「もっといいデザインがしたい」「もっと新しいことがやりたい」という強い気持ちが湧いてきた。

そして、六月。

あたしは、舞台の広告からイメージしたデザインで自分とおばあちゃんの爪を飾り、東京へ行った。

七年ぶりの東京は、やっぱり人が多くて、めまぐるしい。相変わらず路線図も読めないし、地図アプリを使っても迷子になったけれど、楽しかった。

劇場の席は一階の結構後ろのほうだったけれど、肉眼でキャストの表情まで見える。

七年ぶりにじかで見た彼方くんは、高校生だったころよりさらに背が伸び、骨格もがっしりとして大人になっていた。

舞台用のメイクをしていても、肌がきれいなことがわかったし、目がきらきらしていた。ファンのひいき目だけじゃないと思う。そこに立っているだけでみんなの視線を集めるような輝きがあった。

昔、彼が脇役で出ていたドラマの監督だかプロデューサーだかが、「彼は必ず『来る』。スター性がある」とインタビュー記事で話しているのを見た。それがよくわかった。

舞台のストーリーは難しくてよくわからなかったけど、彼方くんが歌ったり泣いたりしているのを見るだけで胸がいっぱいになった。

カーテンコールで笑顔を見たときには、泣きそうになってしまった。

幸せでいてほしい。できるだけつらい目にあわず、おとぎの国の王子さまとして、いつまでも元気で光の中にいてほしい。そう思った。

舞台のあと、劇場のロビーで何人かに「じゅりあなさん？」と声をかけられ、「よかったね」「すごくよかった」と言い合った。

カフェで夕食をとりながら、おばあちゃんにストーリーのわからなかったところを説明してもらい、感想を聞く。

幸せで、なんだか夢の中にいるように足元がふわふわしていた。

「おばあちゃん、ありがとうね」

ホテルでベッドに腰かけ、あたしは言った。

髪をタオルドライしながら、続ける。

「ここに来れてよかった。おばあちゃんがいなかったら、あたし、『田舎に住んでるから』『お金ないから』ってあきらめてたよ。自分で仕事増やしてもっと稼ごうとか、全然考えなかった」

声がうるんだ。

今日は生の彼方くんを見られたし、明日《あした》は、ファン仲間のお姉さんたちと一緒にドラマの撮影で使われたカフェや公園に行く。

おばあちゃんが秋田に来なかったら、それもこれも経験できなかったのだ。

先にシャワーを浴びていたおばあちゃんはすっかり寝る仕度を調えていた。髪を乾かし、ホテルの備品ではない、自分のナイトウェアに身を包んでいる。

同じようにベッドに腰かけ、あたしと向かい合って、おばあちゃんは言う。

「親元で暮らして特別不自由していないと、そういうものさ。でも、わかっただろう。あんたには認めてくれる人もいるし、人を喜ばせることができるだけの力もある」

「ありがとう……」

「これから、もっともっと、いろんなことがやれるよ。今のサロンにはお世話になってて義理もあるだろうが、あんたには自分で客を獲得して稼ぐ力もある。自分でサロンをやるのもいいと思うよ」

ぐい、とおばあちゃんが身を乗り出す。

スマホを操作しはじめたおばあちゃんが、写真を見せた。

外に張り出したガラス張りの部屋。緑の葉の下に見えるその部屋に、ダークブラウンの小さなテーブルと、それを挟むようにして置かれた脚の細い椅子。確か、お母さんはここを「サンルーム」と呼んでいた。

「覚えてる？　これ、徳島の家。あんたがそうしたいって言うなら、ここをあんたの店にしてもいい。私も手伝うよ」

ぐぐっ、とさらにおばあちゃんが身を乗り出す。

「大阪でも舞台や舞台挨拶《あいさつ》、イベントはあるだろう。徳島から大阪までは、二時間ちょっと、片道四千円で行けるよ。井上彼方が来たとき、行こうと思えばすぐに会いに行ける」

ひりひり。

台湾ラーメンを食べたときの、くちびるのうずくような感じを思い出す。

故郷を離れて、遠い場所で定着した味。

東京から帰ってきた翌日、日曜日。

おばあちゃんを招いた昼食の席で、あたしは言った。

「しばらくおばあちゃんと一緒に四国で暮らそうかな、って……。おばあちゃん家《ち》なら、大阪に彼方くんが来たときにすぐに会いに行けるしさ」

お母さんの顔色がさっと変わる。

音がしそうな勢いでおばあちゃんのほうに顔を向け、声を荒らげる。

「……信じられない！　卑怯《ひきょう》よ！」

予想もしない反応に、あたしはびっくりして固まってしまう。

「食事中に騒ぐんじゃないよ」

じゅんさいの酢のものを食べていたおばあちゃんは、すまし顔。

「おかしいと思ったの、いやに仲良くしてるから！　最初から秋田に住みたくなさそうだったもんね。最初からそのつもりだったんだ！　樹里をそそのかして、思い通りにしようとして!!」

お母さんは眉《まゆ》をつり上げて声をとがらせる。

「え、え？」

あたしが戸惑っていると、おばあちゃんが顔をしかめた。

「人聞きの悪いことを言うんじゃない。そういうふうに悪いほう、悪いほうに物事を受け取るのは、あんたの良くない癖だ。私は可愛い孫の望みを叶《かな》えてやっただけじゃないか。樹里は井上彼方に会いに行けた。仕事も広げて収入も増えた。徳島へ行くって言いだしたのは、結果的にそうなっただけだよ」

「えええ〜っ……」

あたしはショックを受けておばあちゃんの顔を見る。

「可愛い孫」と言い出した時点で、おばあちゃんの言っていることが嘘だとわかったのだ。

年寄りの一人暮らしが心配だから秋田へ来い、というのがお母さんの考え。あたしが徳島へ行けば、おばあちゃんは「年寄りの一人暮らし」ではなくなる。徳島に住んでいられる。

思い返せば、「大阪でも舞台がある」と言ったとき、おばあちゃんはそこに食いついていた。

「ああ、嫌だ嫌だ。愛情を疑われて心外だよ」

おばあちゃんがうんざりしたように首を振る。

「そもそも、あんたは、樹里のことを見くびってるね。自主性がなく、簡単に人に乗せられて踊る考えなしだって。そこがよくない。この子は、やり方がわかれば、ちゃんと自分でアイディアも出して新しいことを始めたし、お客からの信頼をもとに販路を開拓できたんだよ。今回だって、自分で判断して決めた。もっと娘を認めて、自主性を尊重したらどうなんだ」

お母さんが、顔を真っ赤にして、口をぱくぱくさせている。言いたいことがめちゃくちゃあるのに、怒りのあまり言葉が出てこないという様子だ。

そのお母さんとおばあちゃんの顔を交互に見ながら、お父さんがおろおろと言う。

「いやいや、いやいや……！　お義母《かあ》さん、待ってくださいよ。えーっと……まず、樹里、まだ二十四ですからね。自分で店をやるとか、早すぎますよ。独立するにしても、もっと経験を積んでから……」

「バイトで安くこき使われてるうちは、何年やっても経営者としての経験なんか積めないよ。あんたも、末っ子だからっていつまでも樹里のことを子ども扱いしちゃいけない。二十四はもう立派な大人だよ」

あたしはまじまじとおばあちゃんの横顔を見ていた。

おばあちゃんは、とんでもなく卑怯だった。

感心してしまうくらいに。

あたしを持ち上げて、お父さんやお母さんが反対できないような言い方をしている。

そして、いちばん付き合いの長いお母さんが、それに気づかないわけないのだった。

「そういうとこが卑怯だって言ってるの！」

お母さんの怒りが爆発した。

「だまされてたんだー。マジでショック～！」

スーパーのカートを押しながら、あたしは言った。

興奮しているお母さんを止め、お父さんが「ちょっと頭を冷やして考えたい」と言いだしたので、あたしとおばあちゃんは家を出てスーパーにやってきたのだった。

冷房ががんがんに効いた生鮮食品コーナーは、夏の格好をしているとひどく寒い。

「なーんにも騙《だま》してない」

薄緑色のじゅんさいがぎっしり詰まった一升瓶を手にして、おばあちゃんが言った。

「樹里は仕事を増やす方法がわかった。稼いだ。井上彼方に会えた。自分の店を持てる。彼方に会いに行きやすくなる。私は、一緒に仕事ができた。好きな家に住める。Win-Win」

「ウィンウィンって何」

「お互いにハッピーってこと」

「うーん……確かに、嘘はついてないか……ねらいがあったのに黙ってただけだね」

「そう」

「まあ、いいよ。彼方くんに会わせてくれたしさ。あたしももう、家を出てくモードになっちゃったし」

言いながら、あたしはりんごジュースの裏面を確かめる。「JA秋田ふるさと」の秋田産りんごで作られたもので、果汁百パーセント。パウチ入りのこれは、そのまま飲んでもおいしいし、冷凍庫に放り込んでおくとシャーベットとして食べられる。

〈かっしー〉が愛知の食べものを送ってくれたように、今度はあたしがみんなに秋田の食べものを送るのだ。

「このじゅんさいの瓶詰めはインパクトあるけど、割れ物だから避けたほうがいいかもね。これだけで金額結構使うし。こっちの袋詰めにしたら？」

おばあちゃんが言う。

「じゅんさいなんか、どこにでもあるでしょ」

「探せばあるだろうけど、たぶん、一般的じゃないよ。東京でも徳島でも、こんなに売ってない」

「そうなんだ？」

いったん秋田を離れることになるかもしれないと思うと、地元の食べ物が恋しくなる。

そして、よそへ送ろうと思って探してみると、意外に地元限定っぽいものは多い。食パンにジャムとマーガリンをはさんだ「アベックトースト」やパンの中にあんことマーガリンが入った「粒あんグッディ」。こういう昔から食べていた「たけや製パン」のパンは地元産。

おばあちゃんに聞いて初めて、よその地方にはないとわかるものもあった。うちでは卵かけごはんや煮物に使っている「万能つゆ　味どうらくの里」、「万能白

つゆ　かくし味」。そのまま食べても、炊き込みご飯にしてもおいしい「いぶりたけのこ」。全然「カステラ」じゃない、菓子司つじやの「とうふカステラ」、かたまり状の切り干し大根「凍《し》み大根」。

「後で、駅に行ってスタンプを便箋《びんせん》に捺《お》してこよう。それに手紙を書く」

うきうきとおばあちゃんが言った。

「スタンプなんかあったっけ？」

「あるよ。これは去年の夏に来たときに捺した。犬のほうは期間限定だった」

おばあちゃんが手帳を開いて見せる。「ようこそ山と川のある町、横手へ」と文字の入ったかまくらの絵柄。そして、JRのキャラクター「おらわん」（秋田犬で、可愛い）とかまくらを組み合わせた絵柄。見ると、能代《のしろ》や大曲《おおまがり》の「おらわん」スタンプもおしてある。

ふだんは車生活だから、全然知らなかった。たぶん、外から来た人のほうが何もかも新鮮で、いろんなものを見つけられるのだろう。

お父さんやお母さんが四国行きに反対しているのは「アホな娘が心配」というだけで、「絶対行ってはいけない理由」はたぶん、何もない。

あたしは四国に行くことになるだろう。

仲のいい友だちと遊べなくなるのは淋《さび》しいけど、一生の別れじゃない。秋田が嫌で出ていくわけじゃないのだ。気が済んだら戻ってくるつもりだった。
四国のスーパーにはどんなものが売っているんだろう。
今はそれが楽しみだった。

じゅりあな横手：急だけど徳島にひっこすことになった！
　秋田のおいしいもの便は今年が最初で最後になっちゃうから
　ほしいものがある人はリクエストして！
かっしー：ほんとに急だな！？
　なんだっけ、あのぶどうの平べったいゼリーみたいなやつ
　前にさおしかさんが旅行行ったときに送ってくれた
さおしか：さなづら？
かっしー：そうそう　それ　奥さんが好きなの
エルゴ：冷凍保存できるなら、きりたんぽとだまこ餅《もち》を多めで
じゅりあな横手：冷凍できるよ
クララ：私はおまかせで。徳島のものも久しぶりで楽しみ。

さおしかさん、お休み中だから。
じゅりあな横手：さおしかさん、徳島の人なの？
さおしか：そう。今は残念ながら参加できない状況。
じゅりあな横手：そっか　おすすめあったら教えてね

あたしの気が変わらないうちに、と思ったのか、おばあちゃんはさっさと準備を始め、九月に徳島へ帰ってしまった。あたしも十月末には引っ越しすることになった。

いちばん淋しかったのは、マダム加藤との別れだった。

「本当にヨクシテイタダイテ。感謝してます。ありがとうございました」

最後の施術の日、あたしは入り口のドアのところまで見送りに出て、頭を下げた。

そうしたら、涙が出てきた。自分でもびっくりした。

家族や友だちとは、連絡も取りあうし、あたしが秋田に戻ってきたらまた会うだろう。

でも、マダムとの縁はたぶん切れる。

あたしがいなくなれば、マダムはすぐに新しいネイリストを探す。その人との関係を続けていく。マダムの生活はここで続いていくのだから、当たり前のことだった。

マダムは、泣くあたしに驚いていた。慌てたように、あたしの肩と背をなでる。

「時間経ってから連絡してきても、邪険にはしないから。戻ってきたら、連絡しなさいね。あなた、本当に、どうかと思うこともいっぱいあったけど、いい子だと思うから。頑張りなさいね」

そう言って、ますますあたしを泣かせた。


うっすらとした記憶しかなかった徳島の家は、徳島市の市街地にあった。

古くて小さいけれどムードのある洋館で、先に戻ったおばあちゃんの手できれいに整えられていた。

ダークブラウンの木でできたテーブルは、磨き込まれてつやがある。部屋にはものが少なくて、その分、壁に飾られた果物の小さな絵や、棚に飾った花瓶の花が目立つ。

「庭から入って来られるんだね。お客さんに家の中を見られないのはいいかも」

サンルームの掃き出し窓を開いて庭を見ながら、あたしは言った。

「古さが気になるのなら、いずれはリフォームしてもいい。でも、最初から全部を完《かん》壁《ぺき》にする必要はないさ。自分の店は時間をかけて少しずつ作っていけばいいんだから」

トレイを手にしてやってきたおばあちゃんが答える。

もう十一月だけど、徳島はずいぶん暖かい。

横手ではたいてい十一月に初雪が降る。この暖かさだと、この街に雪が降るのはずいぶん先みたいだった。

おばあちゃんの手が、コーヒーカップとお皿をテーブルの上に置く。

あたしは全然食器にはくわしくないけど、百円均一には売ってないだろうなあ……とわかるシンプルだけどおしゃれなカップとお皿で、デザインはちがうのに何となくテイストがあっている。ほっそりしたフォークも、きれいだった。

おばあちゃんは、心配だというお母さんの気持ちに一応は応《こた》えて、秋田にやってきた。でも、あそこでは暮らせないということが、最初からわかっていたんだろう。

そのことが、ここへ来てよくわかった。

横手がめっちゃ寒いとか、メートル級に雪が積もるとか。そんなことの前に、自分の好きなものに囲まれて、好きなように暮らすことができないということが、おばあちゃんにはものすごいストレスだったのだ。

親戚《しんせき》が「余ってるから」と持ってくる暖房器具や毛布や食器は、親切心から出てきたものだ。でも、テイストもばらばらで全然おばあちゃんの好みじゃなかったのだろう。

お母さんの立場があるから一応は受け入れていたけど、自分の家に帰りたくて帰りたくて仕方なかったにちがいない。

「うまく利用されたけど、まあ、おばあちゃんの言うとおり「ウィンウィン」だ。あたしは彼方くんに会いたかったらすぐに会いにいける。そのためにどうすればいいのか、もうわかる。だから、しばらくおばあちゃんの好きな生活に付き合ってもいい。あたしは横手を離れて、新しい場所であたしの仕事をする。

「十二月に、彼方くんの出る映画が公開になるんだよ。大阪でも舞台挨拶《あいさつ》、あるかなあ」

カップに口をつけてから、あたしは言った。

深い色をしたコーヒーからは湯気といい香りが立っていた。

「どうだろうね。でも、ここから大阪まではバスで二時間半だから。日帰りで行けるよ」

「ファンのお姉さんたちに、彼方くんが行ったお店のリストもらったんだよ。大阪にも結構あるから、楽しみ」

おばあちゃんの出してきたケーキは、蒸しパンみたいな食感。淡い小豆《あずき》色の生地に小豆が入っていて、上に薄緑色の線が描いてある。

もちもちしっとりした食感で、甘すぎず、上品な感じ。柔らかいのに生地が詰まっていて意外にどっしりしているから、小さく切り分けていても満足感がある。

「これ、徳島のお菓子？　おいしいね」

あたしは訊《き》いた。

「そうだよ。ちょっと値が張るから、人にいただいたときにしか食べられなかったね」

おばあちゃんが口の端を持ち上げて言う。

「ふーん。どういう名前？」

あたしは訊いた。

次の「おいしいもの便」で、BBSのみんなに送ってあげようかなと思ったのだ。

「……」

おばあちゃんは答えずに、コーヒーを飲んだ。

「名前といえば……樹里、あんた、サロンの名前は考えてるの？」

急に話を変えてきた。

「……」

あたしは眉《まゆ》を寄せて、フォークを置く。

キッチンへ行こうと腰を浮かしたら、おばあちゃんがさっと立ち上がる。

「ちょっと！」

お菓子のパッケージを隠すつもりらしい。あたしが止めるより早く、おばあちゃんが足早に部屋を出て行った。

油断ならないおばあちゃんだった。

まだ隠していることがあるらしい。

第 2 話

第三の場所

愛知県 ← 長崎県

第2話

長崎

おいしいもの便

ポークソーセージ

長崎ちゃんぽん　ゆで

長崎ちゃんぽんスープ

お好みパック

しまらくコーヒー

ヨーグルッペ　みやざき日向夏

デーリィサワー

MOCHIKON　黒蜜きなこ

島原かんざらし

子どものころ、日曜日の朝はいつも喫茶店にいた。

わが家には行きつけの喫茶店が三軒あって、ローテーションで、週ごとに行く店を変えていた。祖父母と両親と妹と、車に乗って出かけていく。

今思うと、モーニングサービス目当てだったのだろう。岐阜県や愛知県の喫茶店には、朝、飲みものの料金だけでゆで卵とトーストがついてくる店が多い。店によっては、サラダやデザートもついてきた。

モーニングの時間帯以外で喫茶店に行くのは、親戚の集まりや稲刈りの後のご苦労様会のときだけだった。

最も印象に残っているのは、家からいちばん近い場所にあった喫茶店のことだ。テーブルごとに、ガラスのポットを四つ入れた回転式のホルダーがあった。ポットの中には、イチゴジャムとマーガリンが二つずつ。

廊下は薄暗くて、入り口近くに雑誌置き場があった。「少年ジャンプ」か「少年サンデー」があるときには、それを読んでいた。当時、「少年マガジン」には話のわかる漫画がなく、「マガジン」しかないときにはがっかりしたものだ。何の絵柄だったのか今はもう覚えていないが、入り口の近くにステンドグラスがあったのは記憶している。

あの喫茶店はもうずいぶん前に閉店したのだと両親に聞いた。

実家は愛知県と岐阜県の境に近い場所にあった。一応、JRと名鉄《めいてつ》の停まる駅はあったけれども、都会とは言いがたい。両親と会うときは、互いにショッピングモールや都市部に出ていってそこで会っていたから、実家にもうずいぶん帰っていない。閉店した喫茶店にも、中学三年生の秋を最後に行っていなかったはずだ。閉店したと聞いても、これといって感慨があったわけじゃなかった。

ただ——窓から差し込む日曜の朝の光や、ステンドグラスの色合い、そこにある号だけ読んでいたために話の流れもよくわかっていなかった「少年ジャンプ」の漫画たち。それらのイメージが、宗教画みたいに固定された形で、胸の奥底に残っている。

子どもだった当時、そう認識していたわけではなかったけれど、その宗教画のような絵には、いつの間にか「幸福」という題がついていた。

「コーヒーハウスKAKO」のトーストは、ビジュアルだけで「絶対においしい」と確信させてくれる。

四つ切りにした厚めのトーストには、あんこ、生クリームがこんもりと盛られて、いちばん上にそれぞれ違うコンフィチュールがのせられている。

オレンジ、キウイ、いちご、ブルーベリー。

色とりどりのそれは、「シャンティールージュスペシャル」という名のきらびやかさにぴったりだった。

「きれいだね」

テーブルの向かいで、芽実《めみ》がスマホを構えて写真を撮る。

レトロ喫茶というシチュエーションに合わせたのか、今日の彼女は襟元にゴージャスなレースのついたクラシカルなワンピースを着ていた。初夏らしい、さわやかな水色に白の襟。

二十九になっても、小作りな少女めいた風貌《ふうぼう》は変わらなかった。

「いただきます」

二人、手を合わせて、まずはコーヒーカップを手にする。

立ち上る湯気と香り。毎回違うカップで出てくるコーヒーは、香り豊かで、味が濃いのに飲みやすい。

トッピングをこぼさないように注意しながら、トーストを手にする。

芽実は「舌がピリピリする」といってキウイフルーツを食べないので、僕はまず、キウイののったピースを選んだ。

さっくりとしたパンの歯ごたえ。てんこもりのトッピングだけど、クリームはふわふわしているし、コンフィチュールの甘みもすっきり爽《さわ》やか。あんこと一緒でも、くどくない。

芽実も無言でいちごのピースをかじっていた。

「このジャム好き」

短く芽実が言った。

「手作りなんだってさ。うまいね」

答えると、芽実が僕の顔を見る。

「うちでも作る？」

「余裕が出てきてからかな。モーニングは利益出ないしね」

ＫＡＫＯと同じように、うちの店もモーニングは無料ではない。「ちょっと安めの設定だけど別料金がかかる」システムだ。なんだか矛盾しているようだけど、飲食店で食べものを作るのはコストが高い。出来合いのものを出すのがいちばん安いし、楽だということになってしまう。

「本当はこういう店にしたかったんだよ」

僕は、しょんぼりと言う。

使い込まれたテーブルと椅子。シロップの入ったポットはアイアンのアンティーク調で、窓辺に並んだシュガーポットも愛らしい。

有名店にふさわしく、平日にもかかわらず朝からにぎわっている。旅行者も多いらしく、芽実と同じように写真を撮っていた。

「こういう店って?」

「コストがかかっても、こだわっている店」

「義《よし》くん……今からだってできるよ」

「……」

芽実の言葉に、僕は淡い笑顔だけ返す。

そこまでする甲斐《かい》が感じられない――そう言いたいけれど、言えなかった。

脱サラして喫茶店をやると言い出した僕に「いいと思う」と一も二もなく賛成した彼女だ。僕が思っていることを言ったって、怒ったりはしないと思う。

でも、申し訳ない。そう思ってしまう。彼女にもあきらめたことがいくつもあったはずだから。

六月の中旬、梅雨入りした名古屋の街は朝から続く雨に濡《ぬ》れている。

窓からその様子を眺めながら、重く垂れ込めた雨雲がまるで今の状況の暗喩《あんゆ》のようで僕はため息をこぼした。

「かしわ珈琲《コーヒー》」の朝のフードメニューは、三種類だけ。

食パンに卵ペーストを塗った「たまごトースト」、ピザソースを塗って薄切りの玉ねぎとソーセージ、ピーマン、チーズをのせた「ピザトースト」、そして「日替わりトースト」。

手探りで始めたこの店の売りは、この「日替わりトースト」かもしれない。

すっかり「名古屋めし」として定着した小倉バター。マヨネーズで和《あ》えた甘いコーンをぎっしりのせたもの。アーモンドクリームを塗った上にアーモンドスライスを散りばめたもの。加熱してとろけたチーズにはちみつをあわせたもの……

夫婦二人でやっている店では数多くのメニューを置くことはできず、比較的手間のかからないモーニングメニューで変化を出しているのだった。

おかげで、有料のモーニングサービスでも、人は来る。

その日の日替わりトーストには、スライスしたバナナを並べ、シナモンシュガーを振りかけた。

好評ではあったけれども、バナナは時間が経つと変色する。それを防ぐための処理が必要になるし、果物はやはり扱いが難しい。

「サカイんとこの坊、こんな時間にぶらぶら歩いとったで、どこ行くんか訊《き》いたら、河合塾《かわいじゆく》って言っとったわ」

「はー、浪人かー。大学落ちたんだわ」

「どっこも受からんかったんか」

「受かったとこはあるけど、行きたたなあ言うんだわ」

「サカイのじいさん、孫が旭丘《あさひがおか》受かったって自慢しとったに。旭丘行っても浪人するんか」

「ヒロさん、どうした？　まだ来とらんの」

モーニングサービスが終わる十時半を過ぎると、客足はいったん途絶える。

人の減った店内に老人たちの声が響く。

窓際のいちばん日当たりのいい大テーブルを占拠して、近所のじいさんばあさんがしゃべり続けているのだ。

カウンターの中にいた僕は、時計を見る。「前の店」のときからある、レトロな壁時計だ。

十一時すぎ。あの老人ズは、八時からずっとここにいる。メンバーの入れ替わりはあるものの、毎日いる。

「芽実ちゃん、ヒロさんに電話したって」

ばあさんの一人が、声をかける。

空いたテーブルを拭《ふ》いていた芽実は、億劫《おっくう》そうに振り向いた。

白い丸襟のついた黒い半袖《はんそで》ワンピースに、大きなフリルのついた白い腰エプロン。元コスプレイヤーの彼女は、ノリノリでメイドカフェみたいなユニフォームを着ようとしていたのだが、僕が必死で止めてこれに落ち着いた。

芽実はカウンターまでやってくると、並んだガラス製のキャニスターの一つを両手で抱えた。それを持ったまま、老人ズのテーブルへ向かう。

「クッキーおいしいよ」

どん、とテーブルの上にキャニスターを置き、ドスの利いた声で続ける。

「みんなでどう?」

背中を向けているのでここから表情は見えない。でも、無表情なのだろう。

別に怒っているわけではない。声が低いのもデフォルトだ。

「ええわ、ええわ。俺が奢《おご》ったるわ」

芽実から仲間たちへと視線を移し、じいさんの一人が言う。

「ありがと」

言いながら、芽実がトングで人数分のクッキーを取り出し、空いた皿に並べる。

「はい、どうぞ」

「……あんた、いっつも愛想ないなあ。客商売なんだで、もっとニコニコしやあ」

「ごゆっくり～」

まじまじと顔を見る年寄りたちに短く返し、伝票に追加注文を書き足す。

戻ってきた芽実は、カウンターの黒電話を取り、電話帳を見ながらダイヤルを回しはじめる。

「もしもし、安藤《あんどう》さんのお宅でしょうか？　私、〈かしわ珈琲〉の柏井と申します」

よそ行きの高い声で、受話器に話しかけている。

彼女は以前、派遣社員として会社に勤めていたので、本当はちゃんと敬語も使えるのだ。

「――はい、ヒロさん？　私、〈かしわ珈琲〉の芽実。みんな待ってるよ……はい、はい」

いつもの低い声で言い、芽実が受話器を置く。

振り向いて、老人ズに向かって言った。

「もうすぐ来るって」

「ありがと」

芽実に礼を言うとすぐ、年寄りたちは噂話を開始する。

「――ヒロさん、レゴランド行ったたって言っとったわ、孫とひ孫と」

「あそこの孫、どこ勤めとった？」

「トヨタの下請けだわ。ほら、あの、高速の近くの」

僕は壁のコルクボードに目をやる。

ボードには、名前を書いたコーヒーチケットが大量に貼られている。このあたりの古い喫茶店ではよく見かける光景だ。常連はここにチケットを置いておき、店員がそれを切り取って回収する。

「ヒロさん」のチケットがまだあることを確認して、コーヒーの準備をする。

ため息が出る。

メンバーの入れ替わりはあるものの、老人ズは定休日の火曜日以外、毎日来る。

モーニングのトーストを食べ、あとはコーヒーをわざと飲みきらずに、窓際の席に居座ってずっと喋《しゃべ》っている。話していることは、たいてい近所の噂話や悪口だ。

モーニングサービスが終わったあと、ランチ客が来る正午少し前までは、比較的空いていて僕も忙しくない。やっているのはランチの仕込みだけだ。でも悲しくなる。

開店当初から、毎日彼らはやってきた。

最初は嬉《うれ》しかったが、彼らは別にうちに来たいわけではないのだ。ただ集まって時間を潰《つぶ》す場所を探している。

その生産性のなさが毒のように醸造されて、ネガティブな雰囲気を生み出している。


愛知県の国立大学における地元出身者の割合は、非常に高いのだそうだ。

偏差値がそこまで低くないから県外の大学へ出て行く必要がない、というのもあるのかもしれない。でも、住みやすい市町村が多いのだと思う。

観光地としてはあまり……という話も聞くが、住む分には不自由が少ない。

なにしろ、天下のトヨタ自動車のお膝元《ひざもと》だし、ブラザー、デンソー、リンナイ、ミツカン、カゴメ、フジパン等の本社もあって、仕事が多い。

たいていのものは通販で買える時代だし、流行《はやり》の店は名駅《めいえき》（地元民は名古屋駅のことをこう呼ぶ）か栄《さかえ》周辺に進出しているので、そこへ行けば事足りる。

僕も大学時代は岐阜県との県境に近い実家からJRと市営地下鉄を乗り継いで大学に通い、地元の電機メーカーに就職した。就職を機に会社の寮がある名古屋市に引っ越し、会社を辞めた今も市内に住んでいる。

旅行は好きであちこち出かけたけど、一度も県外で暮らそうと思ったことがなかった。

別に地元が好きで好きでたまらない、ってわけじゃない。「外へ出て行く理由がない」。理由はこれに尽きる。

ただ、いい喫茶店が多い、というのは、中京圏の好きなところの一つだ。

学生のころは、財力の問題で喫茶店から足が遠のいていたが、会社勤めが始まってから、よく行くようになった。

たいていの人はそうだと思うが、社会人になって間もないころはうまくいかないことが多く、落ち込むことばかり。会社から、同じ会社の人たちが暮らす独身寮へそのまま帰るのは、仕事がずっと続いているようで嫌だった。

それで、会社帰りや休日に喫茶店やカフェに入って気分を切り替えることが多くなった。

昭和の趣に満ちた「洋菓子・喫茶ボンボン」やパフォーマンスも楽しい「喫茶ツヅキ」、「コーヒーハウスKAKO」のような古き良き喫茶店には、心が浮き立つ。

「逆写真詐欺」で有名になった「コメダ珈琲店」や、エビフライサンドがおいしい「コンパル」、名前は暴走族みたいだがカルボトーストのうまい「支留比亜《しるびあ》珈琲店」のようなチェーン店も、安心感があって大好きだ。

でも、いちばん頻繁に通っていたのは、会社と寮の間にあった「喫茶レトロ」だった。

老夫婦が二人でやっていた小さな店で、名前の通りにレトロな店だった。小さいころに通っていた、今はもうない店を思い出させるステンドグラス風の窓や、懐かしい感じのする形のランプ、レジに置かれた小さなマッチ。

店名をつけた段階で「レトロ」を意識していたのだから、僕が通いはじめた時点ではすでに前時代の遺物みたいになっていた。

小さな個人経営の店は長居しづらいものだが、その店はうなぎの寝床状に細長く、カウンターとの距離があって圧迫感がなかった。年老いたマスターも静かな人で、必要以上に話しかけてくることがない。

平日は営業時間内に行くことができなかったから、週末の午後、すいている時間に通っていた。

遅い昼食をとったり、コーヒーを飲みながら手帳に書き込みをしたり。

芽実と結婚して独身寮を出てからも、しょっちゅう一緒に行った。

何年か経って、会社の先輩に勧められた自己啓発本で、「サードプレイス」という概念を知ったときには驚いた。

家がファーストプレイス、学校あるいは職場がセカンドプレイス。

それに続くサードプレイスは、役割や責務のない、心地よい第三の場所。

本に書かれていたのは「そういう場所を持て」ということだったのだけど、僕はそれと意識せず、サードプレイスを確保していたのだった。

だから、会計を終えたマスターが珍しく話しかけてきた秋の日曜日、僕はひどく動揺した。

「いつもありがとうございます。今年いっぱいで店を閉めようと思っています」

自分も妻も老齢で、跡を継ぐ子どももいないので。

それが店じまいの理由だった。

僕は何度も「残念です」と言った。動揺しすぎて、それしか言えなかった。

他にもいい喫茶店はたくさんあるのだから、そこまでショックを受ける必要はない。頭ではそうわかっているのに、気分が沈んで仕方なかった。

「誰か、代わりに店をやってくれる人がいたらいいのにね」

閉店が二か月後に迫った日曜日、喫茶店で昼食をとったあとに手をつないで歩きながら、芽実が言った。

彼女は僕に合わせて通っていただけで、別に喫茶店好きというわけでもなかったと思う。

知り合ったばかりの僕と話を合わせるためだけに、自分の趣味との妥協点として戦国時代を題材にしたゲームをやり始めた彼女だ。付き合いがいいのだ。

僕は芽実の言葉を反芻《はんすう》した。

そして、立ち止まって訊《き》いた。

「芽実ちゃん。僕が会社辞めて喫茶店やるって言ったら、どう思う？」

どう考えても、無謀だった。

実際、この後、両親には「せっかくいい会社に入ったのに！」と大反対された。気持ちはわかる。親としても、大学まで行かせた甲斐《かい》がないというものだろう。

芽実は立ち止まり、僕の顔を見上げた。

いつもながら表情は薄く、どう思っているのか、表情からはまるで読めなかった。

小さなくちびるを開いて、彼女は言った。

「いいと思う。安全だからって、好きなことを我慢して生きてくなんてつまんないよ」

このときほど、彼女と結婚してよかった、と思ったことはない。

書店で週刊誌を買うたびに、どんよりした気分になる。

芸能人の不倫とか熱愛とか、有名スポーツ選手の性格の悪さとか、政治家の妻の横暴とか、テレビで活躍中のコメンテーターの裏の顔とか。

ゴシップの楽しさを、否定はしない。

太古から、人類が集団生活を維持するためのツールだったという研究もある。

でも、自分の店にこういう雑誌を置くのは本当に嫌だ。

「なんでもかんでも言うこと聞かなくていいんじゃない？　『嫌だからやめました』でいいと思うよ」

週刊誌に、料理雑誌、漫画雑誌二冊。

書店のかごに入れた僕に、芽実が口を尖《とが》らせる。

僕は肩を落とした。

「でも、うるさいからなあ……」

何事も、始めてみないとわからないことはあるものだ。

「喫茶レトロ」のマスターは、閉店のための準備と並行して、ド素人《しろうと》の僕たち夫婦に喫茶店経営のノウハウを伝授しながらいろんなアドバイスをした。

「店名は変えたほうがいい。同じ店名を引き継ぐと、『前はモーニングがタダだったのに』、『前と同じようにしろ』、と文句を言ってくるお客さんが必ず出てくる」

「価格は最初から高めに設定しておいたほうがいい。後から上げると反発が来るし、価格帯と客の質は比例する」

物静かで優しい感じの人だったから、露骨な言い方はしなかった。

でも、喫茶店を始めてみてわかった。

僕が人の少ない時間帯にしか行かなかったからその場を目撃しなかっただけで、あのマスターも、こうるさい客にひどく煩わされていたのだ。

「喫茶レトロ」の閉店後、三か月たってからオープンした僕と芽実の「かしわ珈琲」には、最初から結構客が入った。

名古屋のオフィス街・丸《まる》の内《うち》と名駅の間という立地のよさもあったが、「レトロ」の客だった人たちがそのまま通ってくれたのが大きい。

そして、「レトロ」のマスターが言っていたことはたいてい現実になった。

「モーニングに金取るの？　前はタダだったがね」

「読むもんないわ。週刊誌置いてよ。ないなら、Ｗｉ－Ｆｉつけて」

「どえりゃ高なったなあ。なにい、前のほうがええがや」

「暑い。エアコンの温度高すぎるがや」

毎日のように文句を言われた。主に老人ズから。

「それは〈喫茶レトロ〉さんの話ですねー。うちは別の店ですよー。店名も全然違うでしょ」

と言っていなせることもあったけれど、屈してしまうこともあった。

開店したばかりのころはやはり不安だったから、常連となってくれた老人たちの要望を何もかもはねつけることができなかったのだ。

週刊誌は買うようになった。

Wi-Fiを入れたらますます長居をされただろうから、最悪の選択ではなかったと思っているけど、「理想の店づくり」は早々に頓挫《とんざ》したと言える。

僕にとってサードプレイスだった喫茶店は、居心地のいい場所ではなくなった。

自分の店は職場だからセカンドプレイスだし、よその店に行っても仕事と切り離せずに気が沈む。

大事な場所を守りたいと思った結果、その場所を好きじゃなくなってしまうなんて、なんという皮肉だろう。

十五時に店を閉め、片付けや明日《あした》の仕込みをしてから、店から徒歩十五分のところにあるアパートに帰宅する。

遅い昼食を取りつつ朝ドラの録画を見るのが、仕事とプライベートを切り替えるためのルーティンだった。

「ねえ、この子、友禅作家になるって言ってなかった？　だから、弟子入りしたんじゃないの？」

カレーを頬張っていた芽実が、テレビに目をやったまま不思議そうに尋ねる。

「なんだろうね。挫折《ざせつ》して別の道を探すってのが現実的なのかもね」

仕方なく、僕は答える。

今期の朝ドラは、最初は割と面白かったのだが、途中からストーリーが迷走しはじめ、話がどこへ向かっているのかわからない。

小学生のころから出入りしている個人サイトのBBSで、〈クララ〉が指摘しているのを見て初めて気づいた。今回の朝ドラは脚本家が複数人で分担して書いているのだそうだ。迷走しているのは、そのせいなのかもしれない。

それでもルーティンなので、平日は毎日録画を見る。

ドラマ自体を面白いと感じなくても、このBBSを見ていると、他人の視点で初めて気づくことがある。〈さおしか〉さんと〈エルゴ〉のつっこみは面白いし、〈クラ
ラ〉はドラマに詳しく、他の人が気づかない良さを見つけるのが上手《うま》い。

食後、スマホでBBSを見にいくと、珍しく未読の書き込みがかなりあった。

エルゴ：じゅりあなさん　おめでとう！
　２０２×年大河ドラマ　キャスト発表　https://www.nhk……

さおしか：おめでとう。いい役もらったね。

クララ：おめでとう！　四回目の大河出演！
　脚本家はヒットメーカーだし、実力も折り紙付き。おもしろいよ、きっと。

発表があった正午には仕事中だったのか、〈じゅりあな横手〉のコメントはずいぶん遅くに書き込まれていた。

じゅりあな横手：ありがと！！！！！
　ごめん、よくわかんないけど、これスタメンってことだよね!?

感無量！！


まるで〈じゅりあな横手〉が大河ドラマに出るみたいだが、そうではない。

彼女の好きな俳優が出るのだ。

それにしても……と僕は彼女のコメントをもう一度見直した。

〈じゅりあな横手〉から「感無量」なんて言葉が出てくるとは。それこそ感無量だった。

こういうことを言うのは気がとがめるのだが……彼女は結構なアホだと思う。

出会ったばかりのころの彼女の語彙《ごい》は「やばい」「かっこいい」「サイコー（たまに「再校」と誤字）」くらいしかなかった。大正時代をちょんまげの時代だと思っていたのはまだいいが、四国のことを外国だと思っていたのにはたまげた（「国」がつくのに県っておかしくない!?　と彼女は怒っていたが、まず、四国は「県」ではない……）。

オタクは義務教育以上の知識を貪欲《どんよく》に得ようとするが、義務教育の内容すらインストールしきらず生きている人間もいる。それを目の当たりにしたのは初めてだった。

かっしー：遅ればせながらオメデト

教科書に載るような人物じゃないけど戦国好きには人気がある人物だよ
さおしかさんの言う通りいい役だと思う

書き込んだら、すぐに〈じゅりあな横手〉からコメントがついた。

じゅりあな横手：ありがと！！！　楽しみすぎてヤバイ！！！
ネタバレ見ないほうがいいかと思って調べてないけど、
彼方くん、最後まで出る？　死なない？？

かっしー：……
エルゴ：……
さおしか：人はみんな、いつか死ぬよ。
クララ：長生きしたからって幸せとは限らないしね。
じゅりあな横手：死ぬんじゃん！！！

立て続けにコメントがついたのを見ると、みんな〈じゅりあな横手〉の反応を楽しみにしていたのだろう。
あけっぴろげで素直、一途な彼女がなんだかんだでみんな好きなのだ。

僕が最初に彼女に出会ったのは、SNSでだった。ぎらんぎらんに飾りたてた爪と金茶の巻き髪の写真を後から見て、「やばいのに話しかけてしまった……ギャル怖い」と思っていたのに、今ではすっかり慣れた。

彼女の好きな井上彼方は、黒髪と端整な顔立ちが印象的な若手俳優だった。

僕は全然芸能人にくわしくないし、民放のドラマもめったに見ない。でも、彼の名前はずいぶん前から知っていた。大河ドラマでも朝ドラでも、哀れをさそう泣き方をしている可愛い顔の子どもがいると、たいていそれは井上彼方だったのだ。

昨年の正月時代劇では大友皇子《おおとものみこ》を演じていて、大人になっても相変わらず「悲劇性」を擬人化したようなたたずまい。抑えに抑えた末にこぼれだした感情の発露が上手いのだ。

たまにSNSで流れてくる記事や動画なんかを見ると、年相応の明るさや無邪気さも見せているから、ドラマにあわせて真面目に役作りしているのだと思う。

〈じゅりあな横手〉は、どう見ても「井上彼方ファン」というキャラじゃない。でも、彼方のためなら勉強もするし、言葉も覚える。

恋の美しいところだけを抽出して見せてくれているようで、応援したくなってしまうのだ。

インターネットが一般家庭に普及しはじめたのは、僕が小学生のころだったと思う。携帯電話を使っている人間はほんのわずかで、その携帯電話にネットはつながっておらず、当然スマホはなかった。

僕の父親は機械系の会社に勤めていたのもあって、割と早い段階でパソコンを手に入れ、パソコン通信をやっていた。だから、わが家へのインターネットの導入も、同級生の家庭に比べると早かったと思う。

オタクが市民権を得るようになったのは、インターネットのおかげだったんじゃないだろうか。昔からオタク気質だった僕はそう思う。

僕の名前「義直」は、徳川家康の九男、尾張《おわり》藩初代藩主の名から取られた。両親がそういうセンスの持ち主だから、小学校で歴史を習う前から、僕は戦国時代オタクだった。城も大好きだった。しかし、三英傑の出身地である中部地方に生まれたにもかかわらず、同好の士は周りにほとんどいなかった。

そんな田舎のオタクにとって、ネットの世界は夢の国だった。オタク仲間に出会えたのだ。

〈さおしか〉さんのサイトに出会ったのは、小学五年生のときだった。

たぶん、城跡への行き方を調べていたときだった。

〈さおしか〉さんは日本各地への旅行の記録を公開しており、そこに書かれた史跡の説明が僕の探していたワードに引っかかったのだと思う。

財力もなく、自分一人で行動できる範囲も限られていた小学生の僕にとって、全都道府県を制覇した人がいるというのは驚きだった。史跡や名物、街の風景の写真がたくさん載っていた。

ＢＢＳで、サイトの記事では詳細がよくわからない点を質問して、親切に答えてもらった。〈さおしか〉さん以外の人も、僕が小学生だというのを知って、子どもでも読めそうな本を紹介してくれた。「またおいで」と言ってもらえたのがうれしかったのを覚えている。

当時は、旅行関連の情報を求めてこのサイトに来る人が多かったようで、ＢＢＳも旅行関連の書き込みが多かった。旅というのは、その土地の歴史と関わることでもあったから、旅行好きと歴史好きを兼ねている人も多い。大河ドラマや朝ドラ、時代劇の話をすることも増えていった。

それからまもなく、「ピーヒョロヒョロガガガガ」というダイヤルアップ接続の音や、電話代を気にしながらのネットサーフィンの時間は生活の中から消え、ブログや

ＳＮＳが広まった。

個人サイトはどんどん減っていき、〈さおしか〉さんのＢＢＳに出入りする人もずいぶん少なくなった。

それでも、僕はいまだにここにアクセスし続ける。

ブログをやったり、ＳＮＳを渡り歩いたりしたけれど、二十年近く出入りし続けているのは〈さおしか〉さんのＢＢＳだけだ。

年齢も性別も職業もわからない。

それでも、ＳＮＳを見ていれば、「誰かを傷つけるような攻撃的なもの言いをしない」「差別意識をむきだしにしない」ということがいかに難しいことかわかる。

二十年近く付き合い続けているというだけで、すでに信頼に足る相手なのだ。住所と本名を知らせあうことにも、一切不安を感じなかった。

ここには実家のような安心感がある。

〈エルゴ〉から荷物が届いた。

発送元は長崎県島原《しまばら》市。

五年ほど前に、〈さおしか〉さんが旅行先から秋田名物を送ってくれたことがあった。それを機に、互いの住んでいる場所で売っているローカルな食べものを送り合うようになったのが「おいしいもの便」の始まり。

意外に送るものは多くて、五年経った今でもネタが尽きない。

今回は冷蔵便で、白い発泡スチロールの箱がひんやりと冷たかった。

〈エルゴ〉は、謎の人物だった。

時代劇が好きで、僕がBBSに出入りしはじめたころは、中村吉右衛門《なかむらきちえもん》の「鬼平犯科帳《おにへいはんかちょう》」の感想をよく書いていた。

僕より先にBBSに出入りしていたから、おそらく歳上なのだろう、ということくらいしかわからなかった。

SNSでつながるようになってからも、とらえどころがないまま。

発信するものを一定期間見ていれば、たいていの場合、その内容から『俺』と言ってるけど、たぶん女だな」とか、「女の子のアイコンだけど、男だな」とわかる。

でも、この人に関しては、「おいしいもの便」のために住所と本名を知らせあったその瞬間まで、性別すらわからなかった。

SNSでは、「海とか水の流れとか猫とかのご近所の写真」と「アプリやガジェットのレビュー」、「より効率よく楽しく仕事するための試行錯誤の過程」しか発信しておらず、男とも女ともとれる。

おまけに、朝ドラや時代劇のファンであることはSNSでは一切書いていない。情報を出す場所を完全に分けて、総合的な人物像を悟らせないようにしているのだ。

僕の中の〈エルゴ〉のイメージは、長めのショートヘア、細身で白いシャツを着た性別不詳の人物のままだった。本名を知り、性別がわかった今も、その人物像は更新されないままである。

「すごい、でかい！」

箱の中央に鎮座したソーセージを手にして、芽実が声を弾ませる。

魚肉ソーセージでよく見る、オレンジ色のフィルムの両端を金具で留めたパッケージ。「UNZEN HAM ポークソーセージ」のラベルが貼ってある。笑ってしまうほど大きく、ラベルの記載を見ると八百グラムもある。輪切りにして焼くだけでも食べ応《ごた》えがありそうだった。

半透明の付箋《ふせん》が貼ってあり、「地元民の同僚いわく、お弁当の定番」と〈エルゴ〉のコメントが書いてある。

冷蔵便で送られてくるものは、たいてい日持ちしない、おみやげでもらうことも少ないものが多い。常温保存できるものより一層、「ご当地もの」感が強くて楽しい。

「長崎ちゃんぽん」のゆで麺《めん》は、瓶入りの「長崎ちゃんぽんスープ」と、「お好みパック」なるものと一緒にポリ袋に入っていた。「ちゃんぽんグッズ」と書いた付箋が袋についている。「お好みパック」には、白・ピンク・緑の三色の具材が入っている。見たところ、形状の違うかまぼこをスライスしたもののようだ。パッケージに「ちゃんぽん、皿うどん、やきそば等に」と書いてあるから、これがちゃんぽん麺の具になるのだろう。

他にも、いろいろあった。濃淡のブラウンを基調にした紙パック入りの「しまらくコーヒー」、白に青字、牧場の少女らしきイラストが目を引く「ヨーグルッペ　みやざき日向夏」、昔懐かしいレトロなパッケージの「デーリィサワー」。こんにゃく粉を使ったデザート「MOCHIKON」の「黒蜜《くろみつ》きなこ」。

〈エルゴ〉はいつも、カステラや角煮まんといった、いかにも「長崎みやげ！」といったものは送ってこない。けれども、今回は一つだけ、それらしいものが入っていた。巾着《きんちゃく》型のプラ素材のパッケージに「島原　かんざらし」と商品名が書いてある。一緒に記載されている「玉乃舎《たまのや》」というのは、店の名前のようだった。

こんな島原名物もあるよという紹介がてら

付箋にそんなコメントつき。

写真を見る限り、簡単に言えば「白玉のシロップ漬け」のようだ。

ずいぶんシンプルな甘味だけど、これからの季節にはよく合いそうだった。明日《あした》食べるために、冷蔵庫で冷やしておこう。


今年の梅雨はとりわけ雨が多いように感じる。

翌日、寝床で目覚めたときから、さあさあとかすかな雨音が聞こえていた。

週に一度の定休日だったので、リアルタイムで朝ドラを見る。

ストーリーが迷走していたので最近はあまり身の入らない状態で流し見していたのだけれども、今日はずーんと落ち込んでしまった。

ヒロインが老人のクレーマーに足を引っ張られて試みを台無しにされるシーンがあったためだ。身につまされてしまったのだ。

さおしか：出た、「最近の若い者は」おじさん！
エルゴ：もうすでにギャグだね　毎回だから
クララ：もはや心待ちにしてすらいる。

じゅりあな横手：えーやだよ　この人文句ばっかりだもん
クララ：でも役者さんに愛嬌《あいきょう》があるから。
　BBSをのぞきにいくと、案の定、みんなそのシーンを話題にしている。
かっしー：じいさんのクレーマーぶりがリアルすぎる……
　　仕事のあれこれを思い出して落ち込んだ
　ついつい、愚痴めいたことを書いてしまった。
エルゴ：お疲れさま
　　エンドユーザー相手にした仕事だと高齢者のクレーマーが多いらしいね
クララ：まあ、歳に関係なくそういう性格の人もいるけど。
　　うちの父も晩年はクレーマー気質だったかも。
　　歳取ると怒りっぽくなるんだよね。
じゅりあな横手：ヒロイン別に悪いことしてないんだから、じゃましないでほしい
さおしか：たいていの人間は良い悪いで行動してないよ。気に入るか気に入らないか。

かっしー：言い切るね……
エルゴ：でも確かに、好き嫌いが先で、善悪は表向きの理由に使うだけかも
じゅりあな横手：ごめんむずかしいことわかんない
　ヒロインの言うとおりにしたらおじいさんたちも助かるじゃん？
さおしか：若い子にはわからないだろうけど、年寄りには新しいことがしんどいんだ
　よ。

〈さおしか〉さんは続けた。

　人体のアンテナは歳を取るにつれて劣化する。昔と同じように暮らしていても、かつては自然と摂取できていた情報が、いつのまにかアンテナにひっかからなくなっていく。

　世界に存在しないことになっていたそれらの情報と向き合わざるを得なくなったとき、大きなストレスを受けることになる。


クララ：ちょっとわかるかも。

　知らないうちに体が省エネモードになってるんだよ、最近。

　遠出するのも億劫《おっくう》だし。億劫っていうのは、めんどうってことね。

エルゴ：でも生活に新しい刺激がないと精神的に病まない？
自分はたまに変わったことしないと病むよ
クララ：病むね。
さおしか：刺激はストレスにもなるから。折り合いが難しいいね。

三十代後半になって中年体型になりつつあるとはいえ、僕には実感が持てなかった。

正直なところ、クレーマーを擁護するような〈さおしか〉さんの発言に、気分も下がった。

でも、「年寄りには新しいことがしんどい」という言葉は不思議と胸に残った。


朝ドラを見終わったあとで新規オープンしたカフェに朝食を食べに行き、栄で買い物をして十四時ごろに帰宅した。

昼食は、長崎スペシャル。

〈エルゴ〉が送ってくれたものを中心に食べた。

ちゃんぽんに、ソーセージのソテーとサラダ、デザートにかんざらし。

店の調理も、家の料理も、基本的には僕が担当である。

ちゃんぽんの具材になるかまぼこは、〈エルゴ〉が「お好みパック」で送ってくれていたので、冷蔵庫にあったキャベツともやし、豚こまを入れることにした。

長崎には旅行に行ったことがあるし、名古屋市にもちゃんぽんのチェーン店「リンガーハット」が進出しているから、ちゃんぽんは以前にも数回食べたことがある。

馴染《なじ》みの薄い人間からすると、ちゃんぽんは不思議な食べものだ。

見た目はラーメンっぽいが、食べてみると明らかにラーメンとは違う。

ラーメンは麺をスープとは別に茹《ゆ》でるが、ちゃんぽんはスープで煮立てるので、太い麺がスープを吸い込んでどっしりとした食べ応《ごた》え。スープは豚骨や鶏《とり》ガラを使っている点でラーメンと共通する点もあるが、麺が違うと味わいがまったく変わってくる。

雲仙《うんぜん》ハムのソーセージは、脂の白と赤身がモザイク模様になった断面からすでに「肉々しい」。焼くと脂が溶け出して、肉の香りに香ばしさが加わる。つやつやした脂でコーティングされた表面もおいしそうだ。素焼きしただけでも味が濃く、サラダとの取り合わせがよい。

そして、デザートのかんざらし。

封を開けると、柔らかめのプラケースに白とピンクの小さな白玉、密封袋に琥珀《こはく》色のシロップが入っている。

特徴的なのは、白玉が指の先ほどの小ささであること。そして、シロップが黄みがかっていることくらいだろうか。

シロップをスプーンですくって、口に運んでみる。

一口目からわかる、独特の風味。

「はちみつだね」

芽実が言って、目を瞬《しばた》かせた。

はちみつは飲み込むときに、砂糖にはない、かすかな刺激がある。浸透圧の問題なのだと以前聞いたことがある。糖度が高いのだ。

小さな白玉は、もちもちとしているけれども、小粒だからそれほど腹にはたまらない。デザートとしてちょうどいい満足感。

「名物に旨《うま》いものなし」というけれど、これはおいしい。

「島原は、湧き水の街なんだって。作り方がシンプルだから、水がきれいなところで作るとうまいんだろうね」

食後、ソファに座り、ネットで探した画像を芽実に見せる。

ガラスの器に盛られたかんざらしは、たいてい漆塗りの盆に載せられていた。湧水《ゆうすい》とともに写っている写真も多い。透きとおる湧き水で作った飴《あめ》色のシロップに、大玉真珠のような小さなたくさんの白玉。なんとも涼しげで、和の美しさに満ちている。

かつて、材料になる餅米《もちごめ》のくず米を真冬の大寒の日あたりに水とともに臼《うす》で挽《ひ》いていたから、「寒ざらし」。

砂糖の取れる地方だったとはいえ、砂糖やはちみつは貴重品。百年以上前に生まれたというこのスイーツは、当時の人々にとって贅《ぜい》をこらしたもてなしの一品だったのだろう。

「これ送ってくれた人、いつもこれを食べてるのかな」

僕の膝《ひざ》に頭をのせ、画面を見ていた芽実が言った。

「どうだろう。僕らも、別に手羽先とか味噌《みそ》カツとか頻繁に食べてるわけじゃないからなあ。それにその人、途中で東京から長崎に引っ越してるんだよ。長崎の食文化にどっぷりってわけじゃないと思う」

「その人に会ったことある？」

「ないよ」

僕は短く答えた。

「ネットで知り合ったの二十年くらい前だけど、最近まで本名も知らなかったし、ずっと性別もわかんなかったくらいだしね」

芽実はしばらく黙っていた。

僕の腿《もも》の上に頭をのせたまま、自分の毛先をつまんでくるくる回している。

「ネットって、現実と違うと思ってた」

芽実がつぶやく。

「うん?」

「違う自分になれると思ってた。ネカマとかいたしさ」

「確かに」

ネットを題材にした創作物も、昔はそういうものが多かった気がする。オフラインとは違う自分、違う人間関係。

「リアルで友だちがいない人間は、ネットでも友だちがいない」

口を尖《とが》らせて、芽実は言う。

「まあ、今はつながりすぎてるから。完全な別人格って難しいよね。どこかで紐《ひも》づいちゃうし」

そう答えつつも、僕は胸が痛くなる。

僕が芽実と出会ったのは、会社の先輩に数合わせのために駆りだされた合コンだった。

彼女もまた、数合わせで連れてこられたのが明白だった。いや、数合わせというより、「予定していたメンバーが来られなくなったため、仕方なく誘われた」のだろうと、会って五分でわかるほど他の女の子たちとちぐはぐだった。

無愛想でマイペース、興味のないときは露骨にそれを表に出し、不機嫌も隠さない。どう考えても、会社の同僚の女の子たちと仲良くやれているとは思えなかった。

僕はその合コンの間、わがことのように彼女の言動に冷や汗をかいていた。歳もずいぶん下だったし、自分と外見レベルに差がありすぎたのもあって、下心を抱くにも至らなかった。ただもう、痛ましくてひやひやしていた。

結局、端っこで「そのスマホのステッカー、あのゲームのやつ？」と話を振り、会話を交わした末、彼女から「連絡先を訊《き》かないの？」と不機嫌に脅しつけられて連絡先を交換したのだが、その後も「ひやひや」は続く。

当時、彼女はコスプレを趣味にしていて、SNSに写真を何枚も上げていた。

顔は可愛いし、背が低くて華奢《きゃしゃ》だし、アニメキャラクターの格好が似合う。それで結構な数のフォロワーがいたのだが、コメントしてくる人間としょっちゅう喧嘩《けんか》をしていた。炎上系コスプレイヤーである。

そのくせ、たまに優しい態度で「会おうよ」と言ってくる人間がいると、簡単に乗ってしまう。

友だちのいなかった彼女は、誰かとつながりたかったのだろう。

「カラオケ？　ダメだよ、危機意識がなさすぎる。相手は変な男かもしれないでしょ。初対面なのに二人きりで密室に入っちゃダメ」

「もう決まっちゃったよ」

「場所をカフェに変更したら？」

「柏井さんが一緒に来てくれたらいいんじゃない？」

メッセージアプリでそんなやりとりをしたあげくに、僕は毎回、彼女の「兄」になって同行した。現われる相手は例外なく「世間知らずの女の子を丸め込んでいいようにしてやろう」という男だったと思う。「兄」の登場で動揺したり、早々に話を切り上げて帰ってしまったりしたあげく、二度と関わってこなかった。たまに、そのままずるずるカラオケボックスに行く男がいて、僕は、やけくそになった男と芽実と、三人で歌い続ける謎の時間を過ごしたりした。

同じ趣味の人とめぐり逢《あ》い、同じ話題を共有できること。何かを知りたいと思ったときに、それを教えてくれる人がいること。知らないことを知るための方法を提案してくれる人がいること。

僕が小学生のときに願ったことを、芽実は大人になるまで願い続けていたのだった。

「知らない人と仲良くできて、うらやましい。義くんいなかったら、私はずっと一人だったよ」

そう言う芽実の髪を、僕は指先で梳《す》く。

「僕だって、芽実ちゃんがいなかったら、ずっと独身だったよ。モテないしね」

これは謙遜《けんそん》でもなく、事実。

「喫茶店だって、僕より芽実ちゃんのほうがお客さんとうまくやってる」

これも事実。

芽実が間に入っていなかったら、僕は店に居座るお年寄りたちにカリカリして、不機嫌を丸出しにしてしまっていただろう。

ずうずうしい要求を「無理」とあっさりはねつける芽実のふてぶてしさが、防波堤になっている。

芽実が膝の上で頭を回転させ、僕の下腹に顔をうずめる。

僕は中年太りを気にしているのだが、芽実は僕のおなかを揉《も》んだり、頭をのせたりするのが好きだ。匂いをかぐのもやめてほしい。

「……あのかんざらしってやつ、うちでも作れる？」

くぐもった声で芽実が訊いた。

「できるよ、たぶん」

スマホを手にして、「かんざらし　レシピ」と検索する。

「変わってるのは、シロップに、はちみつを入れることくらいかな。もっと食べたいの？」

尋ねると、芽実は腹に顔をうずめたまま言った。

「店に来るおじいさんたちにも、食べさせてあげない？」

僕は躊躇《ちゅうちょ》した。

「……注文するかな？」

老人ズがお金を落とすのは、コーヒー代とモーニングセット代だけだ。

電話代の代わりとして芽実がアピールしたときだけ、誰か一人が菓子を買い足す。

「義くんが喫茶店やろうと思ったの、喫茶店が義くんの大事なサードプレイスだったからでしょ」

「そうだね」

「私は家も学校も嫌いだったから、よくわかる。居場所がないのはしんどいよ」

顔を見せて、芽実が言う。

「おじいさんたちには、もう勤め先はないよ。一人で暮らしてる人も多いし。ここへ来たら誰かに会える、って喫茶店は大事な場所なんだよ」

私を助けてくれた義くんには、おじいさんたちも助けてあげられる義くんでいてほしい。

訥々《とつとつ》と、芽実はそんなようなことを言った。

あらためてスマホで検索してみると、かんざらしのレシピはたくさんあった。どれが正解というわけでもなく、店ごとにシロップの味が違うらしい。

最大の特徴は、はちみつが入っていること。

それ以外の材料はレシピによってまちまちだったけれど、砂糖の種類を増やすと味に奥行きが出るという。


ランチタイムが終わり、客足も途絶えた十四時すぎ。

ひとまず、上白糖とざらめ、はちみつで試作してみることにした。

癖がなくさらりとした甘みの上白糖に、カラメルが吹きかけてあるざらめで独特の風味を足すのだ。

砂糖と水、隠し味の塩を鍋《なべ》に入れ、とろ火で煮る。温められた砂糖はだんだんと溶けて形を失っていく。そこへはちみつを加え、さらに加熱する。

とろみのある飴《あめ》色のシロップ。

味見をした時点では、甘みが強すぎる気がした。

でも、冷やすと甘みは感じにくくなるというから、まだ判断はできない。

シロップを冷やしている間に、白玉を作る。

白玉粉に水を足して練り、まとめる。いつも、この作業のときに、不安になる。パッケージの裏の「つくりかた」には「耳たぶぐらいの固さになるまで練る」と書いてあるが、どう考えても水が少ないし、粉っぽすぎるだろう！　と思うのだ。

それでも、まとめるというよりは「押し固める」という気持ちで、細い棒状にする。長さを揃えてカットし、小さな立方体になったそれをぎゅうぎゅうと丸めて、沸かした湯の中に投入する。

「水が足りない」と思った粉の塊は、ここで水分を吸い込んで茹《ゆ》であがる。つるつる、つやつやになった白玉は、可愛らしく愛《いと》しい。

「白玉」から「子ども」を連想する。

結婚する際、「子どもはいらない」と芽実は言った。

「いらないっていうか……怖い」

そう言い直した。

親との関係が悪くて、自分にはまともな親の見本がない。まともに子どもを育てられるとは思えない。

そんなようなことを、懸命に説明しようとした。

絶対に嫌だと拒否しているわけではなく、義くんがほしいのなら考えるよ、というニュアンスで。

僕は子どもが好きなほうだったけれど、実際に産むのは彼女だし、どうしたって彼女の負担は重くなる。彼女が望まないなら仕方がないな、と思った。

もしかしたら、互いの気持ちも変わるかもしれないし。そう思って「今の時点では、なしの方向で」といったん結論を出した気がする。

そして、喫茶店を継ぐことになったとき、「子どもを持つ」という選択肢は完全に消えた。これについて正式に話し合ったことはないけれど、経済的にも、時間的にも、子育ては無理だった。

「子どもは育てられないけど、店は育てられるから」

そう言って、芽実はせっせと掃除や片付けをして、慣れない接客も頑張っていた。

ひょっとしたら店のことを、子どもに代わる、夫婦の絆《きずな》の結晶のように感じていたのかもしれない。

そうなのであれば、余計に、僕の老人ズへの態度に胸を痛めていたに違いなかった。

もちろん、「いらっしゃいませ」「ありがとうございました」の挨拶《あいさつ》はしっかりしていたし、他のお客さんに対する態度と差をつけたつもりはない。

でも、彼らのことを邪魔に感じていたのは確かだった。

タダにしろ、あれを買え、冷房が寒い、暑い。要求と文句ばかりだったし、僕と芽実の私生活を根掘り葉掘り訊《き》こうとしたし、毎日長時間居座って噂話に興じている。

でも、毎日のように来て注文をしてくれているし、開店初期の不安な時期に支えてくれたお客さんではあるのだ。

――良くなかったな。

穴あきおたまで白玉をすくい上げながら、素直に反省した。

来てくれた人に、できる限りのもてなしを。

そんなかんざらしを生み出した人々の歓待の気持ちを、僕も持たなければならなかった。

閉店後に食べたかんざらしは、おいしかった。

甘みが強すぎるように感じたシロップも、冷やすとそこまで甘く感じない。

癖の強いざらめの風味やはちみつの味も、淡泊な白玉とよくあった。

白玉はやはり自分で作るほうがおいしい。送ってもらったパック入りの白玉もできるだけおいしさが続くようにと工夫されていたのだろうけど、つるつるした食感はできたてならではだ。

「喫茶レトロ」から譲り受けた脚つきのレトロなガラスの器があるから、それに入れて出したらいいかもしれない。見た目も涼しげだ。

そう思って、〈エルゴ〉のSNSを見にいった。

相変わらず、「近所の写真」「ガジェットとアプリのレビュー」「仕事のやり方」の投稿が続いている。

つい数分前に、

「自分の集中力は2時間しか続かない　昼休憩を挟んで、『2時間集中して作業＋メール返信等細かい作業30分』×2セットが一番いいのかも」

とか書いている。

時計を見ると、十五時過ぎ。

何の仕事をしているのか謎だけど、仕事が好きすぎる。しかも、できるだけ短い時間で仕事を済ませるための試行錯誤を惜しまない、屈折した仕事好きだ。

僕は投稿されている写真の中で、いくつかをピックアップした。

たっぷりの水をたたえた水路に泳ぐ赤と金の鯉。斜めに切った竹の筒から吹き出し続ける水。

おいしいもの便をありがとう
雲仙ハムのソーセージがおいしかったので、次に冷蔵便を送ってくれる機会があったらまた入れてください
実は、妻と二人で喫茶店を経営しています
かんざらしを試しにメニューに加えてみたいんだけど、イメージ画像としてこの二つの写真をメニュー表に載せてもいいかな?
必要なら料金を払います

仕事は終わっているらしい。
DMでメッセージを送ったら、即座に返信があった。

期間限定のメニュー表なら、どうぞ無料でご自由に
店のサイトやレギュラーのメニュー表にずっと載せるなら、できれば知り合いが売ってる写真を購入してあげてほしい
こっちのほうが画質もいいし上手だから

貼り付けられたリンク先は写真の販売サイトだった。

kouyoshidaという人のページに、美しい水の風景がいくつも載っていた。

レギュラーメニューに昇格したら購入させてもらう、と返事をした。

試食を終えて、芽実と一緒に客席のソファを移動させてから、キッチンとカウンターを片づける。

いつもより念入りに、ステンレスの台と木のボードを磨き上げる。

芽実がテーブルを拭《ふ》き、フロアのモップがけをしている間、僕は本棚の整理をした。

不特定多数の人の手に取られる雑誌は、ボロボロになっていく。意外に漫画雑誌よりも、大判の薄い雑誌のほうが傷みやすい。

表紙がボロボロになった古い料理雑誌と、週刊誌すべてを棚から取り出し、ビニル紐《ひも》で縛った。

ここは僕と芽実の店だった。

置きたくないものは、もう置かない。

大阪の喫茶店ではアイスコーヒーのことを「冷《れい》コー」と呼ぶそうだが、名古屋にもそう書いている喫茶店は多い。

圧倒的にホットコーヒーの注文が多いモーニングの時間帯も、少しずつアイスコーヒーの注文が増えてきた。

もう夏が近づいているのだ。七月に入ってからは雨の日も減り、今朝も窓の外にはまぶしい光が満ちている。

「もう暑すぎるわあ。エアコン代、高すぎるでしょぉ」

「電気代もったいにゃーで、図書館で涼んどるんだわ」

今日も相変わらず、窓際の席は老人ズに占拠されている。

「あそこの図書館、最近混んどるでいかんわ。いつ行っても席空いとらんがや」

「そうそう。高校生ばっか、ようけおるわ」

「テスト期間だがね。うちの孫は友だちとスタバで勉強しとるわ」

「スタバ！　高校生が贅沢《ぜいたく》だがねぇ」

「うちの嫁も、子ども連れてよう行っとるわ。塾帰りに宿題やらせとるんだて」

「ほんな勉強させてどうするのお？」

モーニングサービスの時間が終わると、各テーブルのメニューを入れ替える。

芽実がレジでコーヒーチケットを買うお客の対応をしていたので、僕が空いている席から順番にメニューを交換していった。

「週刊誌、ない？」

隣のテーブルのメニューを入れ替えていた僕に、ばあさんが問う。

「すみません、週刊誌置くのやめたんですよ」

ばあさんは眉《まゆ》をひそめた。

彼女が何か言い出す前に、と僕は棚から雑誌を一冊取って、テーブルに置いた。

「代わりにこれはどうですか」

老人たちのテーブルにかすかな緊張が走る。

普段カウンターの中にいる僕が近づいたからだろう。

反省した。

カウンターにいる僕のイライラは、しっかり伝わっていたに違いなかった。

「今日、試しに長崎のスイーツを出すんです。長崎、行ったことあります？」

週刊誌の代わりに差し出したのは、旅行雑誌だった。

薄くて写真が多く、毎回一つ、「城下町」「温泉」「絶景」等のテーマを決めて、街や村を紹介するシリーズだ。

島原を紹介した雑誌を探していて見つけたシリーズだが、思いがけずよかったので、バックナンバーを三冊買った。

「長崎……昔行ったことあるわ」

一人のじいさんがそう言い、僕の開いていくページを恐る恐るのぞきこむ。

「あ、ここ！」

ハウステンボスと佐世保《させぼ》のページを一人が指さすと、もう一人、ばあさんが「行った気がする」とグラバー園のページを示す。

仲間が反応したからなのか、みんなの注意が雑誌に向いた。

「今日のデザートはこれ。きれいな場所でしょう。僕も行ったことないんですけどね」

島原のページを開き、僕はメニュー表も見せる。

ページ数は多くなかったが、中央に水路の走る武家屋敷の街並みと鯉の泳ぐ水路、澄んだ水の上に建つお屋敷の写真が印象的だった。

僕の後ろから芽実が顔を出す。

「おいしいよ。みんなで分けられるようにボウルでも出せるけど、どう？」

いつもの押し売りスタイル。

「お試しなんで、感想を聞きたいんですよ」

僕が言うと、

「しょうがないなあ」

と言いながら、じいさんが大皿を注文する。

「芽実ちゃん、電話したって。ケイちゃんと、ノブさんも呼んだろ」

「はーい」

芽実が電話をかけ、僕がかんざらしの準備をしている間、老人たちは雑誌を見ながらああだこうだと言い合っていた。

長崎に行ったことはないが、ちゃんぽんは食べたことがある。福砂屋《ふくさや》のカステラはやっぱりうまい。このカレーせんべいに似たやつを京都みやげでもらったことがある

……

とりとめのない話だったが、人の悪口や噂話でないというだけで、ずいぶんテーブルが明るく前向きになったように思える。

毎日顔を合わせていても、互いに知らないことがあったらしい。後から合流したメンバーもまじえて、うなずきながら人の話を興味深そうに聞いている。

——年寄りには新しいことがしんどいんだよ。

〈さおしか〉さんの言葉を思い出す。

新しいものに触れて、それを摂取するには、気力と体力が必要なのだ。

通い慣れた「喫茶レトロ」を失った老人ズは、「かしわ珈琲」のシステムに戸惑っ

たし、新しいシステムに順応しなければならない負荷に、怒りを覚えたのだろう。

毎日、知り合いの噂話に興じたり、どうでもいいゴシップばかりの雑誌を求めたりした理由も、〈さおしか〉さんの説明を思い返せば納得がいく。

新しいことが何もない生活は精神を病ませるが、変わらないことは人を安心させもする。

僕が自分の店を彼らのサードプレイスにするには、「いつも通り」にほんの少しの「新しさ」を加えることが必要だった。

これが現時点で僕がつけた「折り合い」だった。新しいことがもたらす快感とストレスの間、そして僕と老人ズの間での。

「いかんことないけど、高ないか？　値段のわりにちょっとしかあれせんがや」

「コーヒーに合わんがね」

「私、はちみつの味苦手だわぁ」

「かんざらし」に対する老人ズの反応は以上の通り。

まあ、「感想を聞きたい」と言ったのはこちらだから仕方ない。

「この量でいくらなら納得できるのか」

「じゃあ、何が食べたいのか」

と投げかけると、額を集めてごにょごにょ話している。

いつも通りに三時間居座ったあと、会計の際にじいさんの一人が紙ナプキンを手渡してきた。

白玉は一ぱい　300円
ミルクセーキ（食べるやつ）　桃まんじゅう　ハトシ
皿うどん（ランチでもよい）　シースクリーム

老人特有の震えたような文字で「食べたいもの」が書き付けてある。
内容を見ると、さっきの旅行雑誌から選んだようだ。
老人たちの去った店内で、僕はもう一度、紙ナプキンに目を落とす。
意外な展開になってしまった。

かしわ珈琲応援団の発案！
長崎の食べるミルクセーキ　350円（税別）

芽実がそんなメニュー表を作って出したのは、「かんざらし」を出した週の翌週だった。

老人たちの誰が言い出したのかわからないし、「老人ズ」と書くわけにもいかないので「応援団」としたのだ。

アイスクリームの材料と氷をミキサーにかける。半解凍のアイスクリームのような状態になったそれをグラスに盛りつけ、缶詰の赤いさくらんぼをのせただけ。

シンプルなメニューだけど、まろやかながら涼やかで、夏によく合う。

味わいがアイスクリームと似ているから、かんざらしよりもさらに馴染《なじ》みやすいメニューかもしれなかった。

ちなみに、〈エルゴ〉に長崎のミルクセーキのことを尋ねると、「食べたことない」という返事だった。「島原市は、たぶん長崎市とは文化圏が違う」のだそうだ。

このミルクセーキを売りはじめたころから、老人たちに変化が起こった。

まず、長居しなくなった。一時間くらいで帰る。何やら忙しそうにしている。

そして、火曜日以外は毎日誰かしら来ていたのに、週に二日くらい、誰も来ない日が出てきた。

「どうしたんだろうね」

「週刊誌置かなくなったからかな」

僕と芽実はそう言い合った。

ありがたいような、淋《さび》しいような、ちょっとだけ気がとがめるような。

しかし、週四日は来るし、旅行雑誌や名古屋の情報誌を囲んで、何か熱心に話し合っている。店に愛想を尽かした感じもない。

それに、週に一回は、食パンで海老《えび》のすり身を挟んで揚げた「ハトシ」やら、カスタードクリームや缶詰のフルーツを使ったショートケーキ「シースクリーム」などのお試しメニューを注文してみんなで分けているのだ。自分たちが食べたいと言ったくせに「揚げものはくどい」とか、「缶詰のフルーツなんか使うな」と文句は言ってくるが。

ある日、いつもの窓際の席で、ばあさんがムック本をバッグから取り出した。

名古屋のカフェ・喫茶、みたいなタイトルが表紙に書かれている。図書館の蔵書シールが貼ってあった。

「なにその本。見せて」

芽実が声をかけると、一緒にいたじいさんが首を振る。

「どんどんライバル出てくるもんで、かんわ《いかん》」

それを皮切りに、老人ズは芽実に向かって雑誌を開いて見せ、まくしたてる。

「偵察に行ったたった」

「だけど、このカフェなんて、見た目だけでたゃーしたことにゃーで」

「このホットケーキみたいなやつ、流行《はや》っとるらしいけど、甘いばーっか！」

「長崎だけじゃ、いかんでしょお。他のメニューも考えとかんと」

口々に言い、料理本や旅行のガイドブックを出してくる。

僕と芽実がきょとんとしていると、カウンター近くにいた男性客が席を立った。

「お会計お願いします」

店に入ってきたときから、気になっていた客だった。

歳は五十代半ばくらいで、パーマのかかった長髪を後ろで結んでいる。エスニック調のシャツを着たひげ面の痩《や》せたおじさんで、どう見てもサラリーマンではない。ちゃんとこちらの許可を取ってからだが、モーニングセットや店の内装を熱心に撮影していた。

こちらが頼んでいないのに、勝手にレビューサイトに載せられて評価されてしまう時代。警戒してしまう。

「ブレンドコーヒーと、日替わりトーストのセットですね」

僕がレジ対応すると、会計を済ませた彼は去り際にくだけた調子で言った。

「愛されてるね～」

それでようやく僕は理解する。

かんざらしと旅行雑誌は、思った以上に遠くへ老人ズの目を向けたらしい。彼らはここをベースにして、よそへも足を向けるようになった。

「かしわ珈琲」のためにライバル店の視察に出向き、流行のスイーツを試し、新メニューのヒントを探してくれていた。

「老人ズ」の代わりの「応援団」は、本当に「応援団」になったのだ。

第 3 話

世界の解像度

長崎県 ← 広島県

第3話

広島

おいしいもの便

ぎゅぎゅっと広島レモンケーキ

さくらんぼもみじ

宮島かきのしょうゆ

天然鯛そうめん

味付しいたけ

人生で一度だけ、占い師に見てもらったことがある。

今から二十年ほど前、大学四年生のころのことだ。

友だちと旅行した際、出かけた先の商店街のアーケードに大行列ができていた。それが地元では有名だという手相見に並ぶ客だったのだ。

私は占いには興味が薄く、「占い師に見てもらう」という発想がなかった。

でも、友だちがやってみたいと言うし、旅行の高揚もあって列に並んだ。結局、二時間くらい並んだのではないかと思う。バーナム効果やコールドリーディングの手法を見てみたいという期待もあって、結構わくわくしたのを覚えている。

「恋愛に積極的になれないところがある。それはあなたの両親の関係に原因がある」

「近いうちに、内臓の不調が起こるから気をつけて」

結果の大部分は忘れてしまったけれど、言われたのはそんなようなことだ。

そりゃあそうでしょうね、というような。

誰だって「常に恋愛に全力投球です！」とは言えないだろうし、たいていの子どもは両親の影響を受ける。ちょっとおなかを下したり、生理痛がひどかったりしても、それは「内臓の不調」だ。

ただ一つ、印象的だったのは占い師の最後の発言だ。

「九州の男性と縁がある」

実際はこれも、コールドリーディングの一つなのかもしれなかった。

なにしろ私は、たまに外見を褒められるときですら「幸薄そうな美人」と形容される不幸顔だった。九州の男尊女卑の風習はわりと知られていたし、モラハラ・セクハラ野郎は、意のままになりそうな気弱そうな相手を選ぶことだろう……と考えることもできる。

でも、言われたときにはハッとした。

大学に入って最初に付き合った男の子は、大分出身だった。優しい男の子だったのに、関係が冷めつつあったころからひどい暴言を吐くようになった。二人めの恋人は鹿児島出身で、ふだんは穏やかだったのに、怒ったときに私を殴った。とっさに殴り返したものの、男の腕力には歯が立たず、悔しい思いをした。それで、ちょうどその旅行に出かける少し前から、私は女性用ボクシングジムに通いはじめていた。

「九州出身の男に殴られて」は、初対面で趣味を言ったときの鉄板のネタになったけれど、それきり、占いのことは忘れていた。ボクシングも三年くらい続けていたけれど、就職して仕事に忙殺されるようになり、やめてしまった。

再び占いについて思い出したのは、十五年ほど経ってからだった。

私は九州出身の同僚に誘われて、長崎に移り住んでいた。

それとは意識せずに、私は九州男児の本拠地にやってきてしまっていた。


島原の中心部ではあちこちで水が湧き出し、常に水音がしていた。

城へ向かう途中には、湧水をたたえた池と緑の美しいお屋敷・四《し》明《めい》荘《そう》がある。

周辺の道では水路に透きとおった水がたっぷり流れ、大きな鯉が泳いでいる。白、黒、紅白、金。ゆったりと優雅に鰭《ひれ》を動かしている。

道を一本奥に入れば、アーケード街があり、ここにもあちこちに湧水がある。

小さな水筒に水を汲《く》み、毎朝、城の近くの公園へ行く。場所ごとに味が違うというその水も、来たばかりのころはまったく違いがわからなかった。今ではほんの少しわかってきた気がする。

この街へ引っ越してきたのは六年前。

ほとんど縁もゆかりもないこの地へやってくることに決めた理由の一つが、この湧水だった。清らかな水を見ていると、身のうちにたまった澱《おり》のようなものが流されていく。

「入江《いりえ》って、城には興味ないの？」

公園のベンチで水筒のカップにコーヒーを注ぎながら、吉田《よしだ》くんが訊《き》いた。

うん？ と彼を見返した私に、言葉を重ねる。

「時代劇とか大河ドラマ、よく見てるじゃん。歴史好きは城も好きなんだと思ってた」

木々の間に見える天守を、私は眺める。

島原湾と雲仙岳の間、高い石垣の上に立つ島原城の天守。毎朝近くまで来ているにもかかわらず、私は上まで上ったことがない。

「うーん……あんまり興味ないね」

カップを受け取り、私は答える。

「何？ 復元したやつで、本物の城じゃないから？」

熱いコーヒーを一口飲み、私は少し考えた。

「ううん。建物自体にも興味がないのかも。お寺とか見ても、なんとなく色が好きとか、デザインが好みじゃないとか、その程度だね」

確か、ネットで知り合った〈かっしー〉は、元・城郭マニアだったはずだ。小学生のころからあちこちの城へ行っていた。

「たぶん、城好きって、こう」

足元に落ちていた木の枝を拾い、私は地面にベン図を描く。

「歴史好き」の中に、「戦国時代好き」があり、「建築好き」の一部と「戦国時代好き」の一部が重なった部分に「城郭好き」がある。

「じゃあ、寺はこうか」

枝を受け取り、吉田くんがベン図を描き足していく。

彼のこういうところに、私は好感を持っている。

「吉田くんは城に興味あるの」

「俺もたいしてないかも。昔から普通にあるからな、ここに。遊び場とか背景でしかないっていうか……。でも、東京に住んでたときは、たまに帰省すると、城見て『帰ってきたな～』って感じはあった」

「知ってるものって、まじまじ見ないしね」

「うん。写真撮るようになって、初めて、『あ、こういう形してたんだ』って気づいた」

猫舌の吉田くんは、コーヒーに口をつけるまでに時間がかかる。

その間、彼は雲仙岳の写真を撮り、私は熱いコーヒーを飲みながらクッキーをかじる。

毎朝六時に起きて、簡単に身支度をして城の辺りまで歩き、コーヒーとクッキーの朝食をとる。

この習慣が始まったのは、私が島原に来て半年経ったころだった。

自営業で、自宅で仕事をしていると、どんどん生活リズムが崩れていく。起きる時間が遅くなり、それに伴って寝る時間も遅くなる。昼夜逆転の生活を、それはそれとして受け入れれば良いのだろうけども、取引先とのやり取りもあるから、やはり不規則な生活には支障が出てくる。

中途半端に自堕落で、中途半端に真面目な私たちは、その生活に耐えられなかった。起床時間と仕事の開始時間、仕事の終了時間だけは、厳守しよう。そう決めて、互いに監視しながら毎日を過ごしている。

毎日歩くことにしたのは、四十近くなったあたりから中年太りの兆しが見えてきたためだ。

初めて会った二十二歳のころのひょろりと背の高い細かった吉田くんを知っている私は、「この人も歳をとったなあ……」と思うのだけども、彼もまた私を見て同じように思っているに違いない。

太らないように気をつけていても、重力には逆らえずやっぱり体型が変わってくる。

それを口に出したところで何の益もないことを、お互いに知っているだけだ。

朝の爽《さわ》やかな風に吹かれながら、仕事の進捗《しんちょく》と今日の予定を確認し、来た道を戻る。

「おはようございます」

「おはようさん」

毎日顔を合わせる人たちと、挨拶《あいさつ》を交わしていく。

たまに吉田くんの知り合いらしきおじさんに会う。

「わいん兄ちゃん、今どこにおる？　ずっと顔ば見とらんばい」

「今、諫早《いさはや》に住んどーけん。嫁さんの方はよう来るよ、こっち」

標準語で喋《しゃべ》っていた吉田くんは、地元の人と話しはじめるとすぐに方言に移行する。

端で見ていると、それが面白い。切り替えが本当にシームレスなのだ。

私も茨城に帰ったらそうなるのかな、と思うけれども、たぶん関東人はそこまで普段の会話とのギャップがないだろう。

「嫁さんはどこん人やったかな」

おじさんが私の方に顔を向けて言う。

「茨城です」

「もう慣れたかね、こけーは」

「ええ、ご近所の皆様によくしていただいてますから」

私は吉田くんの嫁ではない。

吉田くんも、私を妻だと紹介したことはない。でも同じ家に住んでいて、一緒に出歩き、吉田くんが「香澄《かすみ》です」と紹介すれば、勝手に皆が妻だと思い、会話を進めていく。

「あんたももう歳やけん、子どもは無理じゃろう。早う作っとけばよかったじょん」

おじさんの発言に、吉田くんの方が慌てていた。

「そうですね」

苦笑いで応じて、私はそれっきり黙った。

「じゃあまた」

吉田くんが会話を切り上げる。

「あいばねー」

おじさんはまったく悪びれた様子もなく、朗らかに手を挙げた。

途中の金物屋さんに着くまで、吉田くんは心配そうにちらちら私の顔を見ていた。

「ごめん」

私が金物屋さんの湧き水を水筒に汲んでいると、吉田くんが言った。

「吉田くんが謝ることじゃないでしょ」

そう答えてから、私は肩をそびやかし、おどけて言った。

「サスキュウ〜」

「なにそれ」

「さすが九州男児〜」

茶化すような口調に、吉田くんが拗《す》ねたような顔をする。

「九州じゃなくても、ああいう人いるだろ。男でも女でも」

「まあね。でも、実際ひどいよ、ここは。私がもっと若かったら、もっと卑猥《ひわい》なこと言われて出てったと思うわ。あなたのお兄さんに会った日に」

「それはもう、反論のしようもない」

吉田くんはため息をついた。


島原城と港の間にある住宅地に、私たちの住む家はある。

吉田くんの祖父母が建てたという古い二階建ての一軒家だ。

朝の散歩から帰宅してすぐ、私は朝ドラを見る。

畳敷きの居間に大きなソファクッションを置いて身を委《ゆだ》ね、スマホを片手に見ている。

エルゴ：これは……久々にヒットなのでは？
　ここまで文句のつけどころなし

　ドラマを見終わってから、ＢＢＳに書き込んだ。
　今日も、「おはよう」の挨拶を交わしたあと、書き込みがほとんどなかった。面白いドラマの特徴だ。スマホを手にしているものの、ドラマにのめり込んでいるので、放送中には書き込みをする暇がない。いまいちだと感じるドラマのときほど、ＢＢＳの実況ははかどる。

じゅりあな横手：マジ泣き！！
クララ：キャラ立てもうまいよ。あの迷惑親父に泣かされる日が来ようとは……！
かっしー：いや、まだ油断しちゃだめだ！
　前々回のも最初はおもしろかった
さおしか：あの迷走は何だったんだろうね。途中まで、名作間違いなしと思ってたのに。

前時代の遺物のような、個人サイトのBBS。

SNS全盛の現在では半分クローズドな状態で、固定メンバーしか出入りしていない。知らない人の介入で炎上することもないから気楽なものだ。

私が初めてこのサイトに出会ったのは、大学生のころだ。確か、時代劇に出ていた俳優「高梨宗太郎《たかなしそうたろう》」の名前で検索してヒットしたのだ。

私はそこまでテレビ好きというわけではないのだけども、実家の習慣で朝ドラと大河ドラマは昔から見ていた。それが一日の区切り、週の区切りになっていた。その延長で、時代劇も一通り録画して見ている。

そういう人たちは結構いるようで、BBSで感想を言い合うのも、気がつけばもう二十年続いている。会ったこともない人々だけれども、それだけの年月を重ねれば、旧知の仲と言ってもいい感覚になる。

〈さおしか〉さんと〈クララ〉は毎日リアルタイムで朝ドラを見ているので、専業主婦・主夫か、出勤の遅い職業、あるいは私と同じ在宅勤務なのだろうと思う。

〈じゅりあな横手〉も、ほぼ毎日リアルタイムで見ている。彼女はSNSにド派手な爪と髪を載せており、こちらが不安になるほど開けっぴろげに自分に関する情報を発信していたため、最初から身元ははっきりしていた。秋田県横手市出身の二十代前半の若いネイリスト、引っ越して今は徳島県徳島市在住。

〈かっしー〉は、大河ドラマは必ずリアルタイム視聴するが、朝ドラはたいてい夕方になってから録画で見ている。早いお勧めなのだろう……と思っていたら、昨年、喫茶店の経営者だと明かされた。

吉田くんも、筋トレしながら私と一緒にドラマを見てはいる。でも、彼はたぶん、俳優とかドラマに興味が薄いのだと思う。

俳優の解像度が異常に低く、登場人物の区別がついてない。たとえば、「若い俳優の男の子」を見ると、パターン認識の種類が四つくらいしかなくて、外見に似通った要素があると、彼の中では全部同じ人物として処理されてしまう。ドラマについて話しても、「今日のあれって、昨日のあれと同じ人？」という質問から始まる。

そのわりに風景については敏感で、「あっ、これ、江戸ってことになってるけど、撮影は滋賀の近江八幡《おうみはちまん》でやってるよ！」と言ったりする。同じドラマを見ているのに、見ている箇所が全然ちがって面白い。


朝ドラを見終わったら、八時半からミーティングとして吉田くんと二人、仕事の進《しん》捗《ちょく》や今日のタスクを確認し合う。各自で仕事を進めて、十三時からの一時間を昼休みとし、交代で昼食を作る。

吉田くんとの関係は、初めて出会った二十二歳のころから変わらず同僚だ。今は共同経営者でもある。

二人でエンジニアとして会社を立ち上げ、働いている。

彼とは東京のソフトウェア開発会社で、新入社員同士として出会ったのだった。

幸い、私たちのいた会社はブラックではなかった。基本給も悪くなく、能力があれば引き上げられたし、それに見合う報酬も上乗せされた。だからこそ、自分を、チームを、追い込みやすい環境だった。

「ほどほどに頑張る」が理論上は可能であったけれども、実践は難しい。頑張らない人間は肩身が狭くなって会社にいづらくなるし、生存者バイアスで「頑張る」の基準がどんどんインフレ化していく。激務になりがちで、結果として心身を損ない、同期はどんどんやめていった。

幸か不幸か、私はこの会社と相性がよすぎた。仕事大好き人間ではない。というよりむしろ、毎週日曜日の夜には「あ～、明日《あした》から仕事か～。行きたくないな～」と思うような人間だった。でも反面、物事にのめり込みやすい気質でもあった。激務でへろへろになっていても、それを乗り越えたときに異常な多幸感を覚えるタイプだったのだ。結果、私の生活はものすごい勢いで仕事に侵食されていった。

映画を見たり漫画を読んだりする気力もない。ただテレビをつけて、受動的に見ていればいいだけのドラマすら、見られない。生活が仕事に塗りつぶされていくのが恐ろしくて、まるで義務のように録画した朝ドラを夜中に見ていた。一日十五分なら見ることができた。

「今週、帰りに飯食いに行く時間ある？」

同期の吉田くんからメッセージアプリで連絡が来たのは、入社して十数年たった冬、年明けのことだった。

眼精疲労に悩まされていた私は、目の周りを指先で揉《も》みつつ答えた。

「ごめん、二週間後まで無理かも」

「じゃあ、昼休みに」

昼休み、待ち合わせ場所の屋上に行った。

よく晴れた冬の空の下、ごうごう強い風が吹いていた。

屋上には高く頑丈なフェンスが張り巡らされていた。激務で頭がおかしくなった社員が飛び降りると面倒なことになるのでそうなっているのだ、という冗談めかした噂があった。

後からやってきた吉田くんは喫煙室にいたらしく、煙草の匂いをさせていた。

「煙草臭い。近寄らないで」

「なんでそういうこと言うの、入江は。本当に泣きそうだよ」

眉《まゆ》を八の字にして、吉田くんは言う。

煙草は年々高くなる。喫煙者は肩身が狭い。こんなご時世で煙草を吸いはじめた彼は、ニコチンで体を奮い立たせていたに違いない。煙草を吸わない代わりに、私もカフェイン中毒になっていた。

「年度末で辞めることにした」

フェンスの土台になっているコンクリートに二人ぶんのスペースを隔てて腰掛け、吉田くんは言った。

「そっか」

それだけ答えて、私はしばらく黙っていた。

もうすでに他の同期はほとんどが退職していた。取り残されたような寄る辺なさに心細くなる。

「寂しくなるな」

「……入江もそういうこと思うんだな」

「思うよ、それは。転職先はもう見つけたの？」

「まだ。実家に帰ろうと思ってさ」

彼は両親を亡くしていたはずだ。お父さんを早くに亡くしていて、お母さんも数年前に亡くなったはず。弔電を送った記憶がある。

「実家って長崎だっけ？」

「そう、島原」

「それって、島原の乱のあったとこ？」

「そう。ちなみに雲仙普賢《ふげん》岳の近く」

彼がわざわざそれを言ったのは、他地方に住んでいても、私たちの世代にとって小学校時代に起こった噴火のニュースが印象的なものだったからなのだろう。後に続く発言のエクスキューズでもあったのだと思う。

吉田くんは言った。

「自分で会社やるのもいいかなと思ってる。このままだと死ぬからな。……一緒に来る？」

冷めつつあるコーヒーを手にしたまま、私は吉田くんの顔を見た。しばらく黙っていた。

「それはどういう誘いなの？」

一応は確認しておかなければならなかった。女として誘っているのか、同業として誘っているのか。

私は三十五を過ぎた段階で、完全に恋愛市場からは降りたつもりでいたけれど、このあたりの感覚は人それぞれだろう。

吉田くんは私の顔を見返したけれど、しばらく考えるようにしてから肩をすくめた。

「どっちでもいい」

本当にどっちでもいいのだろうと思った。

私もどっちでもよかった。積極的に付き合いたいわけではないが、絶対にこの人とは無理という感じでもない。そして絶対にこの人と一緒に仕事がしたいというわけでもないが、やれないこともない。彼のタスクの管理能力やコミュニケーション能力といった基本スペックの高さを知っていた。

「明日返事をさせて」

「急いでないけど。っていうか、一日で決まるの？」

「決まる」

その日の帰宅も、終電だった。泥のように眠った。

翌朝、〈さおしか〉さんからの荷物が届いた。

三が日に、テレビで秋田県を舞台にした正月時代劇をやっていて、ＢＢＳでも割と盛り上がっていた。

「明日は秋田県に行くよ。もし、きりたんぽ送ってほしい人がいたら言って」

旅行中だという〈さおしか〉さんがBBSにそう書いていたから、頼んでいたのだ。休日出勤することも多かったし、休みの日にも疲れ果てていた。会社に要求されたわけでもないのに自分を駆り立てていて、好きだった旅行にも行けず、ドラマも漫画も楽しめなくなり、非日常に飢えていた。

「後で金額を伝えるから、同じくらいの金額でみんなの地元の食べ物を送って」

そう〈さおしか〉さんは書いていた。それが「おいしいもの便」の始まりだった。

ひんやりとした発泡スチロールの箱を部屋まで運びこむ。

いつもなら開ける気力もなくしばらく放置していただろうけれど、開けた。カロリーを取って、今後のことを考えるためのエネルギーをチャージしなければならない。

新聞紙に包まれた芹《せり》の葉の緑。パックされた「きりたんぽ」と「だまこ餅《もち》」、鍋《なべ》つゆ。

先週日曜日、これに備えて東京で手に入る食材は買ってあった。

野菜と油揚げ、舞茸《まいたけ》と鶏《とり》もも肉は、気力があるうちにカットして冷凍保存しておいた。

芹はキッチンばさみでざくざくと切り、しばらく使っていなかった土鍋に具材を放り込む。

「きりたんぽ」は有名だし、名前と写真は見たことがあったけれど、思ったより大きい。真ん中に穴の空いたちくわみたいな形状で、ごはんでできているらしい。白くて、かすかに米粒の形が残っているのが見てとれる。うっすらと表面に焼き目がつけてあった。

「だまこ餅」は初めて見た。白くて丸い。原材料を見ると、「きりたんぽ」とほとんど同じだ。違いは、形と大きさ、焼き目の有無くらい。なんとなく可愛い。

肉は昨晩のうちに冷蔵庫に移して解凍しておかなければならなかったのに、忘れていた。確か、スープが温まらないうちから冷凍肉を入れると、ドリップが出て肉がすかすかになってしまうんじゃなかったか。スープが沸騰するまで後回しだ。

鍋を煮込んでいる間、シンクにたまった食器を洗い、片づける。

人間らしい生活を、取り戻したような気分になる。

リビングのテーブルが散らかっていたので、キッチンに立ったまま温まったスープを飲んだ。

比内地鶏を使ったという鶏だしの、塩気の強いスープ。

スープを吸い込んだ「きりたんぽ」は口の中でほろほろと崩れた。米の甘みと香ばしさが、スープの旨《うま》みとあいまって、おいしい。

十二時間ぶりのカロリーに、体の奥からエネルギーが湧いてくる。

内側に流れ込んだ熱が、じんわりと体のすみずみに広がっていく。

食材と一緒に入っていたポストカードを手に取って見る。結露から守るためなのか、透明なシートの中にしっかり密封されていた。

自分を本当に守れるのは自分だけだよ。体を大切に。

初めて見た、〈さおしか〉さんの字。上品に整っているけれど、意志の強さを感じさせるような力強い文字だ。

私が、送ってほしい理由として「最近まともなもの食べてない」と書いたためだろう。

裏返してみると、かまくらの写真になっていた。昔ながらの建物に積もった厚い雪と、思ったより角張っているかまくら。その中に座る人々とまぶしいような温かい明かり。

私は秋田に行ったことがない。

秋田のイメージは、昔絵本で見た「かまくら」と深い雪、旅番組で見た桜の時季の角館の美しく古い街並み、そして「きりたんぽ」だけだ。

しんしんと降り積もる雪を思い浮かべる。

冷え性の私にとって住みやすい場所だとは思えないけれど、どんなところにも人はいて、その地に根ざした暮らしがある。美しい景色があり、おいしいものがある。暖房器具の発達していなかった時代、底冷えのする冬の夜に、鍋で作る温かい食べものは人々を心身ともに温めただろう。幸福にしただろう。

私はたまたま関東で生まれてそこで育ち、東京で就職した。たまたまだった。

ここにずっといなければいけないわけではない。

会社を辞めるなら、どこに住んでもいいのだ。

私は食事を終えると、ベッドに寄りかかり、「島原市」で画像検索をした。

山と海に囲まれた、中央に城がそびえ立つ町。

立ち並ぶ武家屋敷と、透き通る水と泳ぐ鯉。

悪くない。

実際に行ってみて合わなければ、またよそへ引っ越せばいいだけだ。

吉田くんに誘われなくても、いずれ会社は辞めていただろう。とうに限界が来ていた。

〈さおしか〉さんの言う通り、自分を守れるのは自分だけ。今が決断すべきときだった。

「島原に行きます。ビジネスパートナーとして会社をやりたい。よろしく」

そう返事をした。

長崎が九州だということを、すっかり失念していた。


昼休み、吉田くんと二人、ダイニングキッチンで彼の作った昼食を食べていた。

吉田くんは自分で家事ができるし、映画を見にいくことも外食も旅行も一人でできる。それが彼の好ましい点のひとつだった。

そうでなければ、一緒に会社をやろうとは思わなかっただろう。

「土曜日、熊本行くよ。写真の友だちがあっちに住んでて」

吉田くんが言った。

島原市と熊本市は海を挟んで向かい合っている。高速フェリーなら三十分の距離だ。

「どっかに写真撮りに行くの？」

「阿蘇《あそ》の山とか湧水とか。買ってきてほしいもの、ある？　入江、なんかやってたでしょ。ローカルな食べもの送りあうやつ」

「あ、そうか。別に熊本のものでもいいよね」

私はチャーハンを咀嚼《そしゃく》しながら、しばし考えた。

しゃきしゃきしたレタスと、ふんわりした炒《い》り卵の食感。塩胡椒《しおこしょう》と、九州独特の甘い醤油《しょうゆ》で味付けしただけだというけれど、彼の作るチャーハンはおいしい。

近所のスーパーで買った巨大な熊本赤茄子《なす》の天ぷらも、ジューシーで甘い。

「えーっと、名前忘れちゃった……あの、黒糖の味するドーナッツ」

「『黒糖ドーナッツ棒』？」

「そのままだったか……他は、後でちょっと調べるね。基本、日持ちがして常温保存できるものならなんでもいいんだけど」

業種は同じだけど、これまでと同じ働き方をしていたら独立した意味がない。もっと無理なく、楽しく仕事をしよう。

それは二人の間で意見が一致していた。

メインがソフトウェア開発なのは、ずっと変わりない。でも、副業としては、個人としても会社としても、いろいろやってみようと話していて、私はこの話をするのが好きだった。

吉田くんは、写真のデジタルデータを販売していたし、最近は民泊について調べていた。もとは三世代が住んでいたこの家は、一階に仕事部屋と吉田くんの私室、二階に私の私室と物置部屋を置いてもまだ部屋が余っている。余った部屋を何とか活かせないかと検討しているのだった。

私もなんとなく考えていることがあった。この「おいしいもの便」をビジネスにできないかということだ。

今はネットでほとんどのものが注文できる。でも、知らないものを注文することはできない。日持ちのしないパンやお菓子なんかは、通販では売られない。名産品だとかおみやげものではない、ガイドブックには乗っていないようなローカルな食べものや調味料。これを送りあうのは楽しく、日常に小さな非日常がやってくるようだった。

最初は長崎のものを発送することにして、うまくいったら、日本各地の一緒にやってくれる人を探す。

ぼんやりと考えている程度のアイディアを吉田くんに話して、いろいろと意見を言いあいながら具体的なことを考えていくのは楽しい。

こういうときに最初から「やれない」「面倒」「うまくいかない」と否定から入る人ではないから、私は彼を信頼している。

彼は得がたいパートナーだった。

九州出身でさえなければ、若いころに私は彼を好きになっていたかもしれなかった。

昼食の終わりがけ、吉田くんのスマホが鳴りだした。

「あーちゃんだ」

画面を見て、彼が言う。

あーちゃんこと「亜矢《あや》さん」は、彼の義理の姉――兄の妻だ。吉田くんの亡くなった両親は、そう呼んで彼女を可愛がっていたらしい。

「はい？　どうした？」

席を立ち、のんびりとした口調で言いながら、彼は居間へ向かって歩いていく。

「――いやいや、仕事しとーけんね、俺ら」

「――家でん、仕事しとっと」

「――納期あると。は？　入江？」

「――仕事しとっと。だいたい、入江、兄貴やあーちゃんと関係なか人やけんね。迷惑かけんで」

「――そがん話やなかばい」

声が聞こえてくる。

私を不快にさせないために、席を外したのだろう。

いらつかず相手をしている彼を、偉いと思う。

話の見当はついた。今から子どもを連れていくから預かってくれという話だろう。

過去に一回、これで揉《も》めている。

「学校で引き渡し訓練があるの、忘れてた。今から上の子を迎えに行って、預かってほしい。ついでに夕方、サッカー塾へ送り届けて」

そんな亜矢さんからの急な頼みを断ったら、彼女は黙って吉田くんの家の前に子どもを置いていったのだ。

おとなしく一人で遊ぶか、寝ていてくれればいいのだけれども、小学校低学年の男の子にそれは難しい。「ねえ、ねえ、ひまー！　テレビあきた～」と仕事場に来て話しかけてきたり、障子戸を外して倒したりする子どもの相手をして、ドタバタした。

納期が迫る中、吉田くんがやむなく車で子どもを諫早まで送っていった。

お兄さんは弟に感謝するどころか、「なんで女に行かせないんだ」と言った。

私は、吉田くんのお兄さん夫婦とは何度か会っているが、ここ数年は没交渉。亜矢さんは私の連絡先を知りたがったが、断固として教えなかった。お兄さんのほうには、もう絶対に会いたくない。

というのも、第一印象が最悪だったのだ。

島原に来てすぐのころ、お兄さん夫婦が会いに来たことがあった。

吉田くんは私のことを同棲《どうせい》中の恋人だと話していた。男女がビジネスパートナーだなどと信じないし、一緒に暮らしていたらなおさら疑われる。口うるさく色々言われるから、最初から恋人だと言っておいたほうがいいというのだった。

それはわからないでもなかった。男と女がいたら確実に色恋に発展すると思っている人間は多い。

私は「弟の恋人」として、控えめに礼儀正しく対応したつもりだった。

しかし、鍋《なべ》を囲み三十分も経たないうちに、礼儀をかなぐり捨てて席を立ちたくなった。

どうやら兄夫婦は再婚同士らしいのだけども、「俺たちは二回も結婚したのに、お前らときたら」という話の流れになり、吉田兄は弟に向かって言った。

「結婚してやれや、もう後なかろう。三十超えた女なんかどうしようもなかー。こいつなんか、乳も垂れとーし、腹も出とー。みっともなかー」

自分のビール腹は、意識の外にあるらしかった。

亜矢さんを指さして言いながら、がははと笑った。

亜矢さんは「いたらんこと言うて！」と笑いながら、夫の腕を叩《たた》いた。目鼻立ちのはっきりした南国系の華やかな人だったけれども、彼女は始終夫に同調していた。

上機嫌な吉田兄は、それから私に、思い出したくもない卑猥《ひわい》な冗談を連発した。

吉田くんが制止したり、腕を引いたりしたが、まったくお構いなしだった。

外国の奇祭を眺めるような気持ちで兄夫婦を見つめながら、私は二つのことを考えた。

一つは、四十近くなっても、「女」から降ろしてはもらえないのだということ。もう解放してくれ、とうんざりした。

もう一つは、結婚というのは成功率の低すぎるミッションなのではないかということ。互いに愛し愛され、思いやりを維持し続けるのも難しいだろう。それができると確信し結婚を決意した、その稀有《けう》な相手の親類がこれだったら、と考えるとぞっとした。

私は口元に笑みを作り、言った。

「さすが、九州男児ですねー」

酔っていたお兄さんは褒められたと思ったらしい。わははと陽気に笑った。

吉田くんは怯《おび》えたような顔で私を見た。

「本当にごめん。兄貴、旅行以外で九州から出たことないから」

兄夫婦が帰ったあと、吉田くんは平謝りに謝った。

「俺なんか、東京に出て入江たちにボコボコにされたけど。そういう経験してないんだよ、あの人は」

「ボコボコになんてしてないでしょ」

「したじゃん！　入社して一年めのころ、飲み会で。『九州の男は死ね！』くらいの勢いで」

言われて思い出した。二十年近く前の話だった。

同期の飲み会の終わりがけ、珍しく悪酔いした吉田くんが、「お前ら女はなあー！」みたいな発言をして、同期の女の子たちに激詰めされたのだった。

彼女たちも、別に男だ女だと張り合う気持ちはなかったはずだ。「それはやばいよ」という注意のつもりだったと思う。

ちょうど私たちは「男子は技術、女子は家庭科」の区別がなくなった直後くらいの世代だった。男女差別をなくそうという教育を受けてきたのもあり、吉田くんの露骨な発言に結構びっくりしたのだ。ふだんの吉田くんが、物腰の柔らかい、親切で感じのよい人だったのも、驚きに輪をかけた。

私は、少し離れたところに座っていたのもあり、吉田くんに対しては何も言わなかった。

「吉田くんって九州の人だったね、そういえば」

隣に座っていた女の子に、そう言っただけだった。

直前に、ボクシングジムに通いはじめた理由を話題にしていて「九州の男とはもう絶対に付き合わない」と宣言したばかりだった。吉田くんの失言がオチのようになり、その場は笑い話としておさまったのだった。

しかし、なぜか「入江が激怒していた」という話になっていて、翌日に吉田くんが謝ってきた。

「別にいいよ、酒の席での話だし」

そう答えたけれど、あのとき確実に、吉田くんは恋愛対象から外れた。

友人としてはよい人だったし、同僚としても信頼していたけれど。

それは、特別なことではないと思う。多かれ少なかれ、皆そうしてちょっとした発言や振る舞いで、相手との距離感を判断している。「一緒に騒ぐのは楽しいけれど、深い話はしないでおこう」とか「ママ友としては付き合っていくけど、子どもが同じ学校にいる間だけ」とか。

同じように、私は吉田兄夫婦との距離も決めている。ビジネスパートナーの兄と、その妻。それ以上でも、それ以下でもない。顔を合わせることのない相手だ。

無事に納品を終えて、上半期の山場を越えた。

土曜日、吉田くんは朝早くからカメラを持って出かけていった。

私はいつもより遅い時間に自転車で出かけた。週末の行き先は、公園ではなく、その近くにある「スーパー井上《いのうえ》」だ。このローカルなスーパーはフルーツサンドが有名で、どっしりとボリュームのあるそれが、スーパーの一角をどどーんと占拠している。

これをおやつにするのが、私の週末の楽しみなのだ。

吉田くんはフルーツサンドがあまり好きじゃないので（食パンとクリームを合わせるのが嫌なのだそうだ）、桃と無花果《いちじく》のフルーツサンド二つだけを買う。

帰宅してから仕事を始めた。

会社を立ち上げてから試行錯誤してみて感じたのは、私には平日と休日をぱっきり分けるのが向いていない、ということだった。

時間は短くても毎日働いて、残った時間で部屋の片付けをしたり、料理をしたり、好きなドラマを見たりする。そちらの方が、精神が安定する。もちろん、仕事の状況によっては朝から夜まで働かなければならないこともあるし、休日に旅行に出かけたり一日がかりで遠出したりするときもあるので、そういうときは仕事量や自由時間の分量を他の日に振り替えて調整する。丸二日休みになると、「休みだから何か特別なことをしなきゃ」という気分になって、逆にプレッシャーになるのだった。

その日も十五時で仕事を切り上げ、自室でクッションソファに埋もれ、フルーツサンドを食べた。

かすかに塩気のあるしっとりした食パンに、甘すぎないクリーム、大ボリュームの甘くジューシーな桃。

窓から吹き込む初夏の風が心地よい。

まだ明るい午後、仕事を終えた状態でおいしいものを食べ、だらだらする。歳を重ねても変わらない至福の時間だ。

おまけに、〈クラ〉の住む広島から「おいしいもの便」が届いた。

今回はなぜか、常温便と冷蔵便の二本立て。

まずは常温便。こちらは小さな小包だ。

「ぎゅぎゅっと広島レモンケーキ」、これは吉田くんも好きなので今回は四個送ってもらった。広島に本社を置く「タカキベーカリー」の商品で、見た目は一般的なレモンケーキ。厚めにかかったアイシングが強烈に甘酸っぱく、一口めから「レモン！」という感じがするし、しっとりとしたケーキ生地にもレモンピールが入っていて、値段のわりにリッチな感じがあるのもいいところ。

さらに、「にしき堂」の「さくらんぼもみじ」。これは春季限定のもみじ饅頭《まんじゅう》。さくらんぼ風味のピンクの餡《あん》の中に、さくらんぼゼリーが入っている。これもこの時季に必ず送ってもらうリピート品。

「かき醬油《しょうゆ》」はメーカーを変えて、小瓶を毎回送ってもらう。うちの醬油は、吉田くんの買ってくる「あまくち」醬油と、〈クラ〉に送ってもらう「かき醬油」の二本立て。調味料に無頓着《むとんちゃく》だった私は、「かき醬油」によって「こんなに違うのか！」と認識を新たにしたのだった。

そして、今回のメインは、冷蔵便のほうだったらしい。シックな黒い箱に、緑と黄緑の柄の入った熨斗《のし》がかけられ「天然鯛《たい》そうめん」と書かれている。常温便のほうに入っていた便箋《びんせん》に、説明があった。

エルゴさん
今回は常温便で準備していましたが、急きょ、冷蔵便も送ることにしました。
先日、叔父が喜寿を迎え、その祝いの席で「鯛そうめん」が出たので、思いついて。ここ尾道《おのみち》をはじめとする広島県の一部や愛媛県など、瀬戸《せと》内《うち》地方に広く伝わる料理だそうです。めでたいの「鯛」に、細く長く、のそうめん。子どもの節句や結婚祝い、上棟式なんかで、幸福が長く続くようにという縁起物として出ます。
賞味期限はまだ先なので、お祝いごとがあったらぜひ。おいしいよ。

5月27日　クララ

追伸：井上彼方出演の「みがわり先代萩《せんだいはぎ》」の公開は6月13日から。お忘れなく！

上手ではないけれど、鷹揚《おうよう》な印象のある伸びやかな文字。

互いに本名を知っているけれど、手紙でもハンドルネームで呼びあう。本名すら住所の一部のようなもので、あくまで付き合っているのはネット上の名前のほうなのだ。

ちなみに私のハンドルネームは、かな入力で「い・り・え」と打ち込んだときのキー「E・L・5」に由来する。

追伸に、ふふっと笑う。

井上彼方は端整な顔立ちの若い俳優で、確かまだ二十代半ばだったはず。所作が美しく、和装やちょっと古風なスーツなんかがよく似合う。時代劇や大河ドラマには、現代劇とは違う難しさがあるけれど、彼は何に出ても違和感なく役になりきった。

SNSで彼が話題になると、時代劇や大河ドラマのファンがどこからともなくわいてきて、親戚《しんせき》のおじさん・おばさん面で彼について語り出すのがおもしろい。子役のころからよく出ていたので、みんなで見守っているという認識なのだ。

〈じゅりあな横手〉が彼の熱烈なファンだった。見るからに「ギャル！」といった風《ふう》貌《ぼう》の彼女がBBSに入ってきたのも、彼が朝ドラに出るからだった。

そして、〈じゅりあな横手〉ほどではないけれど、〈クララ〉も井上彼方が好きだ。たぶん、若い俳優にいちばん詳しいのが〈クララ〉。井上彼方が朝ドラに出ると発表されたときは、彼のスター性について熱く語り、放送中は〈じゅりあな横手〉以上に言葉を尽くして褒めていた。

スマホのカレンダーで、六月十三日の曜日を確認する。

島原には映画館がないので、映画を見にいくときは一日がかりだ。いつにしようか。考えていたとき、ふいに玄関のチャイムが鳴った。

ピンポーン　ピンポーン

しばらく無視した。

東京に住んでいたころからの習慣だ。宅配ボックスは設置しているし、予約もなしに家に来るのは、セールス等の招かれざる客。

島原に来てからはちょっと勝手が違って、近所の人が回覧板を持ってくることがあるけれど、「業務時間中は応対できないことが多い」と伝えてある。

数分すると、がちゃがちゃと玄関の鍵《かぎ》を開けているらしい音がした。

私は眉《まゆ》をひそめ、上半身を起こした。

どうやら、いちばん厄介な「招かれざる客」だったらしい。

しぶしぶ階下へ下りていく。

「やあねえ、いるなら出てこんね〜！」

玄関で靴を脱いでいた亜矢さんが、私の顔を見て言う。

「ごめんなさい、まさかアポなしで来るなんて思わなくて」

多少の非難をこめて言うけれど、通じてない。亜矢さんは手にした保冷バッグを持ち上げた。

「いっぱい作ったけん、あげよう思うて。コウちゃんは？」

「船で熊本行きました。友だちに会うそうで」

兄夫婦はこの家の鍵を持っている。ご両親が亡くなったあと、吉田くんがここへ戻ってくるまではお兄さんが家の管理をしていたから、らしい。

吉田くんが「来るなら事前に言ってくれ」と再三言ったにもかかわらず、亜矢さんが突撃訪問してくるのは、この鍵のせいもある。「いなかったら、中に置いておくからいいでしょ」というのだ。

勝手にキッチンへ入り、亜矢さんはダイニングテーブルに保冷バッグの中身を取り出す。

私はダイニングテーブルに置いてあった「鯛そうめん」の空き箱を脇へどけた。

いつ食べるか吉田くんと相談するつもりで、リマインダーとして置いておいたのだ。

「それ何ね？」

「広島の知り合いが送ってくれたんです。瀬戸内の郷土料理なんですって」

「ふーん」

特に関心もないようで、話はそこで終わった。

「こいね、ロールキャベツ、ハンバーグ、南蛮漬け」

亜矢さんが保存容器の中身を説明する。勝手に冷蔵庫を開けられそうだったので、私がお礼を言って料理を冷蔵庫に片づけた。

亜矢さんは料理が好きらしい。作ったものを、よく届けにくる。なぜかこの夫婦は、吉田くんにも私にも料理ができないと思い込んでいるのだった。

亜矢さんは料理上手で、作ったものもおいしいから、差し入れ自体は迷惑ではない。でも、兄弟の距離感を不思議に思う。わたしは、実の兄や弟とも、険悪ではないし喧《けん》嘩《か》したわけでもないけれど、特別な用事があるときしか連絡は取らない。

「ありがとうございます。お茶淹《い》れますから、一服していってください」

居間へ促し、私は麦茶を淹れた。

お茶請けに、「ラッキーチェリー豆」も出すことにする。

「今日、お子さんたちは？」

居間へお茶を運び、尋ねた。

亜矢さんは、座卓の上に置いてあった民泊の本を手にとってめくっていた。

「二人とも、旦那《だんな》と一緒にサッカー行ったけん。今日、試合で」

子どもの習いごとがいかに大変か、亜矢さんは語った。単純に月謝を払い、送り迎えをすればいいわけではない。サポートのために親も駆りだされるのだという。

「よかばいね、子どもおらんと楽やろ」

「そうですね」

「これ、うまかね。うちん人も好いとーけん、こっち来たら買うとさ」

お茶請けを食べていた亜矢さんが言った。

「ラッキーチェリー豆」は島原の店が作っている豆菓子で、揚げた空豆に生姜《しょうが》風味の蜜《みつ》をからめたもの。空豆の味と香りがしっかり感じられるのがいいのだ。まず空豆、生姜の風味と蜜の控えめな甘みはその後でやってくる。

私はお礼も兼ね、以前亜矢さんに手みやげでもらった「ぽっぺん焼《やき》」をはじめ、長崎に来て知ったおいしいものについての話をした。

亜矢さんは「うん、うん」とうなずいていたけれど、途中から心ここにあらずだった。明らかに意識が民泊の本に向いている。

私はわざと話を振らずに、豆菓子を食べた。いつもは手が汚れるのが嫌で、箸《はし》で食べている。しかし、さすがに来客時にそれはできない。

「ねえ、この本何？」

耐えきれなくなったのか、亜矢さんが本を指さした。

「吉田くんの本です」

「……前から思っとった。あんたたち、なしてずっと苗字で呼んどうの？」

苗字で呼びあうのがふさわしい関係だからです――というのが本当のところだけど、一応、同棲《どうせい》中の恋人ということになっているのだった。

「ずっと同僚だし、今もビジネスパートナーだし」

「変なの」

「そうですか」

「民泊って何？」

「ホテルとか旅館じゃなくて、一般のアパートとかマンションとかを旅行者に貸し出すこと」

「そんぐらい知っとうよ」

じゃあ、なんで訊《き》いた？

内心そう思ったけど、言わなかった。吉田くんの立場もある。

「民泊、やるつもり？」

探るような目で、亜矢さんが私を見る。

「やれるかどうかわからないから、調べてるんです。この家、広いですからね」

「なして勝手に決めると？」

「だから、まだ決める前ですって」

「うちん人ん許可ば取るとが先やろ？」

「……どうして？　吉田くんが相続したんじゃないですか、ここ。固定資産税も、吉田くんが払ってるって聞いてますけど」

「そりゃそうやけど、二人が育った家やろ？」

私は眉をひそめた。

もう一度訊いた。

「お兄さん、もう家持ってるから、動産はお兄さんが相続して、家は吉田くんが引き受けたって聞きましたけど」

「ばってん、二人が育った家やろ？」

やや声を大きくして、亜矢さんは繰り返した。

私は彼女を見つめたまま、しばらく瞬《まばた》きを繰り返した。

例えば、取り壊したり人に売ったりしようというのなら、相談するべきかもしれない。でも、そうではないのだ。

「そうですね。本当にやるなら、吉田くんも、お兄さんにちゃんと相談するつもりだと思いますよ」

私はさらりと言って、流そうとした。

話にならないと思った。

吉田くんの親族なのだから、吉田くんに引き受けてもらうしかない。

でも、亜矢さんはその私の対応が気に障ったらしい。眉のあたりに険が漂っている。

「ほんとよかね、好き勝手生きとって」

投げ捨てるように、亜矢さんが言う。

その言葉は、ほんのちょっとだけ私の胸を刺した。

結婚を望んで、結果的に果たせなかった人はまた違うのかもしれない。でもきっと、私と同じような選択をした人たちが抱えているのは、既婚者に対する妬《ねた》みそねみではなくて、罪悪感だ。

結婚しなかった。出産しなかった。子育てに苦労することも、義両親との関係に腐心することもない。

どう生きても自由だと頭ではわかっているのに、「するべき苦労をしていない」という後ろ暗さが胸の奥底にある。
わざと音を立てて豆菓子を嚙《か》み、私は言った。
「そうですね。ごめんなさい。めちゃくちゃ楽しく暮らしてます」
亜矢さんの顔が、どんどん険しくなる。
「結婚もせんで、子どももおらんで」
「そうですね。結婚して子どももいる亜矢さんが羨《うらや》ましい」
あからさまに、心のこもっていないセリフだった。
眉《まゆ》をつりあげた亜矢さんが、腰を上げる。
突然のことだった。
身を乗りだしてきた亜矢さんに、左頰を平手打ちされた。
視界が揺れる。
一瞬、何が起こったのかわからなかった。
ガン、と音がしてグラスが倒れ、テーブルの上に麦茶が広がった。
ポッ、ポッ、ポッ……液体が畳の上に落ちる音。
遅れて、じんわりと頰骨に痛み。
喧嘩になるとは思っていたが、これは予想外。対処ができなかった。びっくりした。
人に殴られたのなんて、二十年前の九州男以来だ。

思い切りのいい平手打ちではなかった。力加減をはかれずに、こわごわと打った感じもあった。

彼女を見つめ返した。

私はものすごく性格が悪い。

相手の一番言われたくないことを見抜いて、それを口にしてしまう。明確に、狙いを持って。

「そうやって、子どもも叩《たた》いてるんだ」

亜矢さんの顔がゆがむ。

彼女の目が真っ赤になる。

涙ぐんで、彼女はもう一度手を振り上げた。

さすがに、私も今回は腕を上げてガードする。

肩で息をする彼女に、私は言った。

「私、吉田くんと恋人でも何でもないんですよ」

顔を怒らせたまま、亜矢さんが目に戸惑いを浮かべる。彼女に向かって、私は言葉を重ねた。

「だから、これから私がすること、吉田くんとは無関係です」

一拍置いてから、私は腰を浮かせた。

「殴ったら殴り返されるんだよ!」

いったいどうしてこんなことになったのか、わからない。

わかったのは、ドラマの殴り合いというのは、やっぱり作りもので、見映えがするように撮っているということだ。

実際、人を殴り慣れていない人間の喧嘩《けんか》は、みっともなくてすっきりもしない。

三年間のボクシングジム通いは、無駄ではなかった。ずいぶんブランクがあったにもかかわらず、思っていた以上に体は自然に動いた。

でも、打撃がきれいに決まったのは最初の一発だけ。女二人のもたもたした揉《も》み合《あ》いは、盛り上がりも少ない。

向こうが蹴《け》ってきたらやり返した可能性が高いけど、亜矢さんは脚を使わなかった。

結局、髪の毛を引っ張ったり、ひっかいたり。

しかも、お互いに歳で体力がないので、殴り合いらしい殴り合いも続かない。声さえ出し続けられない。

畳の上でのたうち回って、休憩しながら、思い出したようにはたいたり、防いだり。

「もしもーし……」

おそるおそる、と言った調子で、声が割り込んだのは、私と亜矢さんが畳の上に寝転がったまま、互いの髪を引っ張り合っていたときだった。

「……え、何？　何してんの!?」

なぜか庭から現われた吉田くんが、目を丸くしていた。

気がつけば日はずいぶん傾いて、空は暮れかかっていた。


スマホで怪我の手当の方法を調べた吉田くんに「顔洗え」だの「傷薬を塗れ」だの言われたけれど、私も亜矢さんも動かなかった。

とりあえず場所を変えようと促され、ダイニングキッチンに移動する。

亜矢さんは吉田くんが登場するやいなや、わんわんと声を上げて泣きだした。声を上げ続ける体力はないらしく、数分後には声もおさまり、後はぐずぐずべそをかいていた。

彼女の顔は腫《は》れあがって、髪はボサボサだった。私も相当ひどいことになっているに違いない。

吉田くんが淹《い》れた麦茶をあおり、私は言った。

「先に叩いてきたくせに、何泣いてんだよ」

むしゃくしゃしていた。

「柄悪《わり》ィ……」

吉田くんがひいていたけど、構わない。

見ると私のブラウスは袖《そで》が破れ、ボタンが二つ飛んでいた。顔と頭皮がヒリヒリする。

ダイニングテーブルで向かい合い、吉田くんが私と亜矢さんを交互に見る。

「何があったの？」

憤然として私は答えた。

「よくわかんないよ。叩かれたから、殴り返した」

「あたしはパーで叩いたけど、こん人、グーでくらした！」

亜矢さんが先生に言いつける子どもみたいに、私を指さす。

しかし、先に手を出したという引け目はあるらしい。焦ったように、彼女は付け足した。

「あんたがあたしんこと、馬鹿にするけん！」

「馬鹿にするって、私が何したの？　平手打ちされるほどの何を！　具体的に言えよ！」

「そがんとこ、ほんなこて腹立つわ！　東京から来て会社ばやっとるからって、あたしんこと馬鹿にしとるやろ！」

「は？　東京の話、したことなんかないでしょ。私、茨城の田舎出身だし」

「仕事、仕事、って助けてくれんばい！　子ども預かってくれんし」

「当たり前でしょ、他人なんだから。余裕があったら助けるけど、在宅ワークでも、女でも、急を要する仕事はあるんだよ。どうして仕事中の旦那《だんな》の邪魔はできなくて、他人の邪魔はしていいって思うの？」

　ふつふつと怒りがわいてくる。この夫婦は、吉田くんのことも私のことも軽く見ているのだ。弟だから、女だから。

「それにこの前、子ども預かってくれるシッター調べて、リストあげたよね？　なんでそっちに頼まないの!?」

「お金かかる!!」

　叩き返すように亜矢さんは叫ぶ。

　私は吉田くんに目を向けた。

「……お兄さん、そんなにお金ないの？」

　彼は首をひねり、苦い顔で首を小刻みに振った。

「たぶん、金がないっていうより、そんなことに使う金はない、って感じ。母親が何とかすべき、って考え」

「しょうもない男!」

「言い方!」

吐き捨てるように言った私を、吉田くんがたしなめる。

亜矢さんがぐずぐず泣きながら付け足した。自分のパート代から出すなら夫も文句は言わないだろうが、お金を自分のために使うのは気が引けるのだと。

「『子どものため』は『自分のため』じゃないでしょ。夫婦二人の子どもじゃないの」

私はそう言ったけど、亜矢さんがぶんぶん首を振っている。

「えー……じゃあ、もっと働いて稼ぐ?」

収入が増えれば、お金を使うことに対する罪悪感も減るだろう。

言うと、キッとにらまれた。

「何もわかっとらん!」

産休制度があっても仕事を休めば迷惑がられるし、急な子どもの発熱で呼び出されることが続いて、正社員としての仕事は辞めざるを得なくなった。パートに出ているが、子どものことで急に休んだり早退したりすれば、嫌な顔をされるのは同じ。そんな状況で、仕事を増やしてくれなどとは言えない。

「もう正社員にはなれない、パートも嫌だ。じゃあ、自分で仕事始めるしかなくない？　自分が無理なく働けるやり方を探してさ」

私が言うと、亜矢さんは再び声を上げてわあわあ泣いた。

「ほんなこて腹立つわ！」

「入江……」

吉田くんが、呆《あき》れたように私を見る。

「知らないかもしれないけど、入江みたいに興味とか能力が全部仕事に向かってる人間、そんなに多くないんだよ」

自分で仕事を始めるというのは、簡単なことじゃない。リスクが大きいし、男だって躊躇《ちゅうちょ》するのだ。そう吉田くんは言った。

私はしばらく黙っていた。

テーブルの上に置きっぱなしになっていた「鯛《たい》そうめん」の箱を見る。

〈クララ〉が書いていたことを思いだす。

鯛は「おめでたい」の「たい」。そうめんは、その形状から「長く続く」ことを表す。

お祝いのときに、末永い幸福を祈って鯛そうめんを出すのだと。

偕老同穴《かいろうどうけつ》、共白髪《ともしらが》、相生《あいおい》——最期まで添い遂げることを願った縁起ものは少なくない。

それは、死ぬまで互いを大切にしあうことが、非常に難しいことだからなのかもしれない。

よく見たら、亜矢さんの着ているTシャツは色あせていた。

私は服に興味が薄いから気づかなかったけれど、亜矢さんは本当に自分のためにお金を使うことに気がとがめているのかもしれない。染めた髪も派手で、華やかなことが好きそうな出《い》で立ちなのに。

私から見た吉田兄は、ひどいセクハラ野郎で、親としての当事者意識が薄く、極力関わりたくない男性だった。

でも、それは「私から見れば」であって、亜矢さんにとっては違うのだろう。優しさや頼りがいの定義だって人によって違うし、亜矢さんにとっての吉田兄は頼りがいのある優しい夫・父であるのかもしれなかった。

その正解のなさ、わり切れなさが、なんとも複雑で、やるせなく切ない。

「俺、腹減ったから飯食うね」

沈黙に耐えきれなくなったのか、吉田くんが立ち上がる。

「あーちゃんも、一緒に食おう。そのまま帰ったら面倒なことになりそうだし、口裏あわせとかないと。兄貴に電話してさ」

「忘れとった！」

亜矢さんがはっとして立ち上がる。スマホを居間に置きっぱなしだったのだ。

しばらくして、亜矢さんが電話している声が聞こえてきた。

私が冷蔵庫から亜矢さんの持ってきた料理を取り出していると、吉田くんが笑った。

「ひでえ顔」

私はむっとして、保存容器を電子レンジに突っ込む。

「顔なんか、どうでもいいよ。この歳になったら」

「俺がDVの疑いかけられるから、しばらく外歩かないで」

「吉田くんの顔面もボコボコになってたら、夫婦喧嘩《げんか》したんだな、で済むんじゃない？」

「いや、普通、夫婦でも殴り合いしないから。みんなびっくりだよ。入江、近所でおとなしくて清楚《せいそ》な奥さんって言われてるのに」

「不幸顔がうらめしいよ。人に舐《な》められる」

「発想がヤンキーなんだって、入江は……」

保存容器の蓋《ふた》を開ける。

美しく詰められたロールキャベツ。

汁漏れに備えて、二重にしたポリ袋に入っていたし、亜矢さんはきちんとしている人なのだ、ある面では。

「旦那と子どもには外食してきてもらうけん」

戻ってきた亜矢さんは、仏頂面で言った。

亜矢さんの持ってきたおかずと冷凍保存してあったごはん、スーパーで買った「さらし鯨」の酢味噌和《すみそあ》え、吉田くんの熊本みやげ。即席の夕食は、へんな取り合わせになってしまった。

吉田くんが出してきた熊本みやげは「いきなりだんご」だった。生地の中に、ふかしたさつまいもと餡《あん》が入っている。皮は薄くて、しっとりとしたさつまいもと小豆《あずき》餡の組み合わせが素朴ながらおいしい。

私が好きだから、買ってきてくれたのだろう。おそらく自分と私の分にするつもりの二つを。

それを普通に、私と亜矢さんに出した。

いい人だな、とあらためて思った。

出されたものを二つに切り、私は半分を小皿に載せて彼の前に置いた。

ロールキャベツは亜矢さんの差し入れの定番だった。

煮込まれたキャベツは柔らかく、その甘みとトマトスープの酸味が、ジューシーな肉だねとよくあった。私も吉田くんも料理は嫌いじゃないけれど、「挽肉《ひきにく》と玉ねぎのみじんぎりを混ぜてこねる」とか「茹《ゆ》でて柔らかくしたキャベツで巻く」とか、そんな手間のかかる工程が入っているものは作らない。私が島原で食べた、おそらく三十食分くらいのロールキャベツは、亜矢さんの手によるものだった。

だから、私の中に「提案」が生まれたのは、おいしいロールキャベツと、吉田くんの優しさゆえなのかもしれなかった。

私は無言でメインの食事を終え、お茶を淹《い》れた。

このあたりのスーパーのお茶コーナーを占拠しているのは、福岡の「八女茶《やめちゃ》」、鹿児島の「知覧茶《ちらんちゃ》」、佐賀の「嬉野茶《うれしのちゃ》」あたりだけど、私は違いがわからない女なので、「とりあえず前回と違うお茶」を買う。今回は知覧茶。

いきなりだんごを一口食べてから、私は切り出した。

「――亜矢さん、私と一緒に仕事する？」

思いがけず喧嘩《けんか》を売るような口調になってしまった。

「は？」

反射なのか、亜矢さんも喧嘩腰の口調で答えたけど、顔がいぶかしんでいる。

「地元の食べもの買って送る仕事。時間の融通きくし」

吉田くんが目を丸くした。

亜矢さんは、何を言われたのかわからないというように、吉田くんの顔を見る。

私は、一つ息をついてから続ける。

「まあ、ビジネスとして成立するかどうかも、あなたが使いものになるかどうかもわからないから、しばらくお試しでやってみることになるけど」

　こんなのはおもしろいんじゃない？　こういうサービスがあったらどうだろう？　そんなふうに雑談として話していたふんわりしたアイディアの一つが、急に現実になった。

　私は事業の立ち上げのためにあれこれ調べ、〈さおしか〉さんにもメールを送った。「おいしいもの便」の発案者は彼女だから、念のため許可を取っておこうと思ったのだ。

「わざわざありがとう。仕事として考えたものじゃないから、別に許可取らなくても大丈夫。でも、面白そう。徳島まで範囲広げることがあったら、一枚嚙《か》ませて」

〈さおしか〉さんからは、そんな返事が来た。

「もう大丈夫なの？　しばらく送ったり受け取ったりできないって言ってたけど」

「それは解決してない。むしろ、ますます難しくなってる。親族に知られたくなくてね。でも、そろそろ打ち明けておおっぴらにやってもいいのかも」

私はお試し期間として、秋に送る「おいしいもの便」のセレクトを亜矢さんに任せることにした。

これまでに送った物品のリストを渡して、新しく選んでもらう。

「常温保存のものと冷蔵品、冷凍品は一緒に送れない」とか「一度送ったものは、先方からのリクエストがない限りはできるだけ避ける」とか、そういうことをリストだけで判断できるかどうかを見たのだ。

事業を広げることになったら、大枠のマニュアルみたいなものは作らなければいけないけれど、指示されなければ何もできない人だと困る。

学生のころのバイト先では、「郵便出してきて」と言われて「切手が足りませんでした」とそのまま郵送物を持って帰ってきた人がいた。事前にお金を持って行くか、自分のお金で一時的に立て替えて後から請求する。そういう機転は最低限必要なのだ。

彼女が選んだものは、常温で送れるものばかりだった。

過去のリストから、冷蔵品は夏だけで、他の季節はほとんど常温便で送っていることがわかったのだろう。

島原せんべい本舗の「黒砂糖せんべい」「あーもんど煎餅《せんべい》」、リョーユーパンの「はちみつトースト」、カネリョウ海藻株式会社の「ぶっかけ有明海苔《のり》　旨塩《うましお》味」、「島原みそ　三休さん」、久原《くばら》醤油の「あごだしつゆ　あまくち」……

「ちゃんとみんな九州産だ……常温で送れるし、賞味期限も大丈夫」

段ボール箱の中身を確かめて、私は目を丸くした。

熊本の「森のくまさん」や福岡の「めし丸元気つくし」のパックごはんは、備蓄品としても役立ちそうだった。

九州には「さがびより」「阿蘇白水米」「くまさんの輝き」「ひのひかり」等々、お米の品種がたくさんあるのだけれど、重くなるので私は送ったことがなかった。パックごはんなら、そこまで重くならない。

「馬鹿にしとるやろ。当たり前やろ！　うち、ちゃんとフルタイムで働いとったけんね、子ども産む前は！」

亜矢さんは、ぷりぷり怒っていた。

月に二回、ランチミーティングとして土日のどちらかで会うことにした。一回目は、私が諫早まで行ってカフェで話し、二回目は亜矢さんに島原まで来てもらう。

これは、逆に私のストレスを軽減させることになった。

一つは、亜矢さんのアポ無し突撃訪問がなくなったから。「会う日が決まっているから、届けものはそのときでよい」と考えるようになったらしい。

もう一つは、時間のコントロールがしやすくなったから。ミーティングと称しているので、最初に「十一時から十三時」と時間を設定しやすく、いつまでも帰らない相手にイライラすることもない。

彼女にとっても、悪くはなかったらしい。

「子どもたちと一緒にスーパーに行って、九州で作ってるものを千円分集めるというゲームをやらせたら、社会と算数の成績が上がった」

私には直接言わないけど、吉田くんにそう話していたのだそうだ。

もちろん、いいことばかりではない。

「おみやげとは違うローカルな食べものでしょ。それに、いろんな会社のものの詰め合わせって、たいてい通販では扱ってない。旅行者にも需要あるだろうし、まだまだ需要を作り出せるニッチ市場だと思う」

「何言っとるとか、わからん！　そがんしてすぐ難しか言葉ば使《つこ》うて、うちんこと馬鹿にする！」

「してないでしょ！　いいかげん、被害妄想やめてくれない!?」

しょっちゅう、そういう言い合いになる。

でも、いいのだと思う。

彼女はあくまでも吉田くんの義姉で、友だちではない。ビジネスパートナー候補だ。やるべきことをやってくれればよい。私が自分の思いつきを形にできて、ついでにそれが彼女を助けることになるのなら、まあいいのだ。

「鯛《たい》そうめん」は、会社創立五周年記念として食べることにした。

〈クララ〉が送ってくれた「天然鯛そうめん」は、郷土料理を売りにしているお店が作っているものらしい。

焼いた鯛の切り身二つに、だしパック、「天然コラーゲン濃縮だし」と書かれた椎《しい》茸《たけ》入りの液体スープ、そうめんが二束。

そうめんは硬めに茹《ゆ》でてもみ洗いし、水を切っておく。だしパックでだしを引き、鯛の切り身と濃縮だしを投入して沸騰させてから、再度、そうめんを加えて丼に盛り付ける。

きざんだたっぷりの葱《ねぎ》と、わかめ、〈クララ〉が一緒に送ってくれた瓶詰めの椎茸をのせ、ごま油をちょっぴりまわしかける。

温かいスープには旨みが凝縮されていた。一口飲んだだけで濃厚な味が口の中に広がる。細いそうめんにスープがからみ、食が進む。

皮に香ばしい焼き色のついた鯛は、箸《はし》だけでほろりとほぐれる。真っ白で清らかささえ感じさせる鯛の身は、思いがけずしっかりとした嚙みごたえがあって、見た目以上の満足感があった。

「おいしい」

「もっといける。そうめん、追加で茹でよう」

「ごはんにあわせてもおいしそうじゃない？」

「よし、しめは雑炊で」

結局、そうめんを追加で茹で、冷凍保存してあったごはんまで出してきて、苦しくなるまで食べた。

ふだん腹六分めを心がけているのに、「このスープを堪能《たんのう》したい！」という欲望にあらがえなかったのだ。

「おめでたいの鯛、細く長くのそうめんね……いいじゃん、『長崎おいしいもの便』が正式スタートしたら、お祝いにまた食おうよこれ」

説明書を見ていた吉田くんが言った。

「正式なのは姿煮なんだろ？　奮発して鯛一匹使って、うちで一から作ろう」

「私、魚の処理したことないよ。いつも切り身買ってるから」

食後のビールをグラスに注ぎつつ、私は答える。

「俺もないけど、そういう動画探して見たらやれると思う。あーちゃんも呼んで、やろう」

「亜矢さんだけならいいけど。お兄さんは勘弁して」

　私が言うと、吉田くんは笑った。

「あーちゃんは、いいんだ？　殴り合って仲良くなるって、少年漫画かよ」

「仲良くなってないってば。すぐ『私のこと馬鹿にしてる！』って騒ぐし、スタート前に喧嘩《けんか》別れになる可能性がまだ残ってる」

　私は顔をしかめた。

　差し出したビールを受け取り、吉田くんは言った。

「あーちゃん、本当は入江と仲良くなりたかったんだと思うよ」

「……本気で言ってる？」

「歳も近いし、あーちゃん世話焼きだから。よそから来た薄幸系に親切にしてやりたかったんじゃないの。まあ、中身が全然薄幸系じゃないから、結果はご覧の通りだけど」

　不幸顔の私は、吉田くんの発言に肩をそびやかす。

　体じゅうのヒリヒリは三日も経たないうちにおさまり、ひっかき傷のかさぶたも剝《は》がれた。取っ組み合いの喧嘩の痕跡《こんせき》は、もうほぼ残っていない。

　しかし、取っ組み合いをきっかけにして、亜矢さんと私の関係は確かに変わった。

「吉田くんと私は恋人ではない」と明かしたおかげで、私は吉田くんと自分を切り離して言いたいことを亜矢さんにばんばん言えるようになった。それに呼応して、亜矢さんも自分の事情を率直に訴えるようになった。「うちは母が亡くなってるから親の手が借りられず、あんたみたいに気軽に動けないのだ」みたいな、喧嘩腰のもの言いだったけど。

「まあ、お互い仲良くなれそうにはないんだけど。解像度は上がった気がするよ。非常識で迷惑な人だな、と思ってたけど、それだけじゃないというか……」

冷蔵庫から鯨のベーコンを出してきて、小皿に移し、私は続けた。

「おおざっぱでいいかげんだな、って思う人でも、全部がそういうわけじゃないじゃない。予定の管理とか連絡はルーズ、でも料理と掃除はきちっとやる、みたいな。そういうのが、わかってきた気がする」

一度も会ったことがなく、互いにドラマの話しかしていない人たちでも、なんとなく人となりや、生活環境が見えてくる。縁が切れたらきっと淋《さび》しく思うであろう程度には、愛着が生まれる。

一生行くことがないかもしれない遠い街でも、そこから送られてくるおいしいものを食べたら、その街の一端を知ったことになる。それだけで、まったく知らない街よりは近しい、特別な土地になる。

同じように、亜矢さんのこともクリアになった部分が多くなったぶん、少しは好きだと思えるようになるのかもしれなかった。

世界はドット絵みたいな画素の粗い部分だらけで、そのことに私は普段気づいていない。解像度が上がった分だけ世界は美しく、愛《いと》しくなる。

いい気分でビールを飲みながら、私はそんなようなことを話した。

「四十過ぎても、学ぶことはあるね」

「エンジニアは一生勉強だよ」

五周年おめでとう、次の五年も頑張ろう。

そう言い合い、改めて乾杯をする。

二十年経って解像度の上がった私から見ると、吉田くんはやっぱりときどき私と相性の悪い九州男児で、ところどころ抜けていて、でも、基本的には理性的で善良な、優しい人だ。真面目で、思っていた以上に営業スキルと向上心が高く、頼もしい。

長い付き合いになるし、もう六年、一緒に生活している。どうしたって互いに慣れや甘えも出てくるのに、トータルで見れば全然嫌な印象がないのはすごいことだ。

でも、それが恋人とか夫婦じゃないからだということを、お互いに知っている。

好意と信頼と、他人であるがゆえの遠慮と気遣い。それで今の生活と会社は成り立っている。

細く長くあれ、と願うものは、夫婦の仲だけではないのだ。

第4話

長すぎる余生

広島県 ← 徳島県

第４話

徳島
おいしいもの便

金長まんじゅう

金長ゴールド

マンマローザ

金のしずく

ひと切れ一六タルト　「柚子」

ぶどう饅頭

日の出印　味付のり

金ちゃんヌードル　しお

金ちゃんヌードル　カレー

徳島珈琲

焼肉のたれ　川島特産ニンニク入り

鳴門うず芋

チョコボール

人間の本来の寿命は、三十八歳。

確か、ネットニュースの記事か何かで見たのだった。

オーストラリアの研究チームが発表した説で、DNA解析で脊椎《せきつい》動物の寿命を推定した結果、そうなったという。

やっぱりな、と思った。おかしいと思ってたんだ。

まず、歯が生え替わる時期が早すぎる。

乳児のころに生えた歯は、十歳ごろには永久歯に替わる。おかしいだろう、と思うのだ。歯は一回ダメになったらどうしようもないのだから、生涯に一度きりのリセットの時期は、もっと遅くであるべき。

そして、成長が終わるのも早すぎる。平均寿命が八十歳を超えているというのに、体力や運動能力のピークは、四分の一地点の手前で来てしまう。医療が発達して高齢出産が可能になったとはいえ、女性が出産できる時期も全体から見たら早すぎるし短すぎる。

いや、わかっている。人体が設計されたのが、医療も発達しておらず、栄養も豊富に得られなかった時代だったということは。

でも、長い時間をかけて寿命が延びていったのだから、体の変化のタイミングだってそれに応じて変わったっていいだろう。

「はい、倉石《くらいし》さん、お口開けてくださいね～」

診療台に寝そべった俺の上に、若先生の声が降ってくる。

「ちょっと削りますね～。痛かったら左手を挙げてくださいね～」

「はひ」

顔に目隠しの布をかけられて、これから口に入ってくる機械の形状が見えない。それがまた恐怖をあおる。

「はーい、いきますよ～」

ガガガ、ガガガ。

ときどき、キュイーン、キュイーンと高く細い音が混じるのが嫌だ。

ぎゃあっ！

左手を挙げる前に、体が跳ねる。

「ああ、痛いですね～」

若先生の声。

子どもに対するようなもの言いに、普段だったら腹を立てるところだが、そんな余裕はない。診療台の上にいる俺は常に無力。

だいたい、おかしくないか？

これだけ医療が発達した時代に、歯科医療ときたら、やっていることは俺が子どものころと同じ。恐ろしい音を立てるドリルで歯をけずり、穴を埋めたり、カバーをかけたり。

歯医者の先生も、代替わりした。今の先生は、俺が子どものころに世話になっていた先生の孫息子。

二代も変わったんだから、もうちょっと、なんかあるだろう。飲むだけで虫歯の進行がストップする薬とか、一発照射するだけで虫歯菌が死滅する機械とか。せめて、痛くない、怖くない治療法が確立されていてもおかしくないと思うのだが。

「では、来週も月曜日十七時でお約束させていただきます。どうぞお大事に～」

「ありがとうございました……」

受付の若い女性に礼を言い、歯医者を後にする。

ただ寝そべり、ときどき起き上がって口をゆすぐだけだというのに、歯医者を出るときの俺は毎回疲れ果てている。

毎回、「きれいに磨けてますね～」と言われるのに、五十を過ぎても俺は歯医者と縁が切れない。

歯並びや体質の問題もあるというが、死ぬまで「ガガガガ、キュイーン」と付き合っていかなければいけないと思うと気分が暗くなる。

それもこれも、歯のリセットの時期が早すぎるせいだ。

日本の男性の平均寿命は、現在、およそ八十一歳。

あと二十年、三十年、もつのか？ 俺の歯は。俺の体は、俺の心は。

耐用年数がとっくに過ぎた体で生きていくのは、しんどいものだ。


尾道は、坂の街である。

大昔の人々にとって、海と山に挟まれた土地は食べものに恵まれた便利な場所だったのだろう。そこから数千年、「なんとしてもここに住んでやる!!」という執念を感じさせる街ができあがった。

わずかな平地から山へ向かってどんどん家々が侵食していったのだと思う。山の斜面は街で覆われ、バリアフリーなどという概念の存在しない場所である。狭い坂道と階段で移動するしかない。

山の緑と点在する神社仏閣、古い家々が独特のムードを作り出している。晴れた日には瀬戸内の青い海と、正面に位置する向島《むかいじま》をはじめとした島々の姿も見える。

駅近くの尾道本通《ほんどお》り商店街には、昔ながらの商店もあれば、若い人が始めた新しい店もある。一時は絶滅した映画館も復活した。

自然と街、古さと新しさが共存する箱庭のような街。

外から来た人間には魅力的なのであろう。古くから文学作品や映画、アニメの舞台になってきた。

確かに、俺も東京から戻ってきたときには、うっかり「よい街だなあ」と思ってしまった。

仕事で各地に出かけたが、地方都市も多くは「小京都」ならぬ「小東京」になりつつある。東京が舞台のドラマも、地方都市で撮影していることがあるくらいだ。都市部はどんどん均質化している。

独自の景観を持っているだけで、「よい街」のように思ってしまうのだった。

しかし、風情というのは、たいてい不便によって守られている。

坂道と階段を下り、平地にたどり着いたときにはすでに膝《ひざ》がガクガクいっていた。

下り坂なら楽だというのは、短距離に限った話である。

下り坂には下り坂の苦労がある。ただでさえ歯医者で体力を削られていた。待ち合わせの喫茶店についたときには、肩で息をしていた。

商店街から奥の路地に入ったところにある古びたビルの二階。

怪しげなムードの階段を上って、指定された喫茶店へ足を踏み入れると、村上《むらかみ》がこちらに気づいて手を挙げた。

「よう、クラ」

それに応じてテーブルの向かいに座っていた藤井《ふじい》もふり返り、手を挙げる。

「よう」

同じように手を挙げて応じようとするものの、息が上がって声が出ない。

「大丈夫か？」

「どしたんか？」

倒れ込むようにソファに腰かけた俺に、二人が不審の声をかける。

「もうダメだ。歳だ」

ウェイターが持ってきてくれた水を半分飲み、俺は泣き言を言う。

「尾道の地形がきつい。昔は一日に何往復もしてたのに」

「そがいに変わるんか？」

いぶかしげに眉《まゆ》をひそめる藤井に、村上が言う。

「歳のせいじゃなくて退職したからだろ。東京は駅も広いし、地下鉄も深いし、通勤で結構歩くから。単純に運動不足だと思うけど」

村上は、数年前に会ったときと変わらず、パーマをかけた長髪に色つきの丸眼鏡、エスニック調のシャツという、いかにも怪しげな風貌《ふうぼう》をしていた。

高校時代には、「キャラづくりか？　痛いよ」と思われていた（当時、そんな言葉はなかったが、そういう扱いだった）が、二十年以上も一貫していれば立派なスタイルである。

因島《いんのしま》村上家の末裔《まつえい》を自称していたが、このあたりで村上という苗字の人間は、たいてい村上水軍の子孫を名乗っている。『村上海賊の娘』がヒットしてからは、「能島《のしま》村上家の末裔」が増えたかもしれない。

藤井と会うのはたぶん十年ぶりだったが、こちらも「変わってないな」という印象である。童顔で、丸顔に愛嬌《あいきょう》のある目鼻立ち。腹が出て、髪が薄くなり、白髪が増えた。そんな変化はお互いさまで、順調に歳をとっている＝変わっていない、なのだ。

十代のころの「十年」は長すぎる年月だったが、五十七になった今ではあっという間。十年ぶりに会っても、「久しぶりだなあ！」という感嘆はない。

「こんな店、あったんだな。知らなかった」

ブレンドコーヒーを注文してから店内を見回し、俺は言った。

剝《む》き出《だ》しの梁《はり》に、塗装の剝《は》げた階段。古めかしいランプにアンティーク調のテーブルや椅子。

「できたの、二年前だよ」

スマートフォンを検索していた村上が答える。

自分の覚え書きを探したのだろう。

「村上は今もライターやりよるん？」

藤井が問う。

「そう。趣味と実益を兼ねて。この前は、中部を回った。これ、名古屋みやげ」

村上が小袋を渡してくる。

「坂角総本舗」という文字が見え、俺は言う。

「えびせんべい？　サンキュー。ここの旨《うま》いよな」

昔から出入りしている個人サイトの知り合いに、名古屋在住の子がいた。

一回、ここのせんべいを送ってくれたことがある。薄いのに嚙みごたえがあって、海老《えび》の風味が強い。

「へえ、旨いんか。サカ……カド？」

「バンカク」

藤井に向かって訂正しつつ、村上は中部旅行で印象的だった店を語った。

名古屋に、地味で小さいが古めかしくていいムードの喫茶店があったが、知らないうちに閉店してしまっていた。そのあと同じ建物に入った喫茶店は、若い夫婦がやっていて、今は試行錯誤の最中。変化を見守るつもりで名古屋へ行くたびに立ち寄っているが、たいていいつも老人の集団がいて、スタッフの女の子がまだ来ていない老人を電話で呼び出している。独居老人の安否確認も兼ねているのであろう。いかにも喫茶店文化が根付いている地方らしい光景である……云々。

正直、俺は喫茶店にたいして興味はない。しかし、村上は何冊か喫茶店をテーマにした本を商業出版で出しているし、需要は多いのだろう。

それに村上は話がうまいので、ついつい興味の薄い話でも聞いてしまう。興味が薄くても、それを好む人間の熱量が俺は好きなのだ。

村上と藤井は、高校の同級生だった。

映画研究会で一緒に映画を作っていた。村上が脚本を書き、藤井が音響を担当し、俺が監督。

男しかいない進学校というのは、マニアックな集団が形成されやすい。異性の目を気にしなくていいというのが、理由の一つなのかもしれない。同性間のヒエラルキーや同調圧力もないわけではないが、同性の目には、また別の力学が働いている。

そんなわけで、勉強のできる男社会のオタク集団が先鋭化されていった結果なのか、うちの高校には、全国大会やコンテストで賞を取るような文化系の部活や同好会がいくつかあった。映画研究会もそのうちの一つで、何年かに一度、全国規模のコンクールで賞を取っていた。

話が名古屋の喫茶店から、高校の近所にあった喫茶店、高校時代の映画研究会の思い出に移ったところで、ようやく思い出したように藤井が言った。

「忘れとった、今日これを言おう思うて呼び出したんじゃった。また一緒に映像やらんか？」

藤井の語ったのは、こういう話だった。

中学の同級生に、地元の小さな文具メーカー「青木《あおき》工房」の社長がいる。開発した新製品を低予算で宣伝する方法はないかと、その同級生から相談されたのだという。

先代のときにノート製品の新しい仕様を生み出して特許を取ったものの、その特許の隙間を突く形で大手文具メーカーにほとんど同じ機能を持つ商品を作られてしまった。今では、その仕様といったらその大手メーカーの商品、というイメージが世間で根付いており、非常に悔しい思いをした。

同じ轍《てつ》は踏みたくないが、資金力もない小さな会社であるし、テレビCMを打つような宣伝費もかけられない。

幸い今は個人や小さな会社がネット上の動画で宣伝できる時代である。元・映画研究会の俺たちが助けてやろうではないか――。

「アホか」

俺は一蹴《いっしゅう》した。

「高校生が自主制作映画でアカデミー賞取ろうとするくらいアホ。話にならん」

「えー、何でじゃ」

藤井はすっとんきょうな声を上げた。何を驚いているんだと、こっちがびっくりする。

「お前、企業が十五秒のCMにどれだけ金かけてるか知ってるのか？　どんなにいい商品を作っても、宣伝できなきゃ買ってもらえない。だからCM制作会社に大金を払って宣伝する。宣伝費を確保もせず、しかも素人《しろうと》に宣伝させようなんてアホの極み」

「いや、素人じゃなあ。クラはテレビマンじゃろ」

「俺が作ってたのはドラマであって、CMじゃない」

「えー、高校のときのダチにプロがおる言うてしもうたよ。同じ映像じゃし、なんとかならん？」

「なんない。完全な畑違い」

「そこは人脈でのう」

「俺の人脈は、会社員としての人脈であって、個人の人脈じゃないの。プロに仕事を頼めてたのは、会社の資金があったからだし」

村上は黙ってコーヒーをすすっていた。

俺が顔を凝視して言葉を待つと、のんびりと言う。

「俺は興味あるけどな」

「……本気で言ってる？」

「本気。たいした金出さないってことは、好きにやっていいってことだろ？　別にCMじゃなくてもいいんだけど、新しいことやりたいんだよな。仕事は好きだけど、やっぱこればっかりやってると飽きてくるし」

「……」

藤井が黙った俺の左膝《ひだりひざ》を揺すってくる。

「ほらー、クラものう！　ヒマじゃろう？　会社辞めて離婚してから」

「おい！」

村上が瞬時に眉《まゆ》をひそめ、藤井にむかっておしぼりを投げつけた。

俺は両手で顔をおおう。

「あーあ、泣いちゃった」

村上が言い、俺はうなる。

「泣いてない」

会社を辞めて、正確には離婚ではないが離婚したようなもので、ヒマだった。

全部、本当のことだった。


翌朝、七時半に起き出して階下へ行くと、着飾った母が玄関で靴を履いているところだった。

「はよ」

腹を掻《か》きながら、声をかける。

「おはよう」

「今日は図書館？」

「そ。洗濯物干しといてえね」

「あいよ」

「ええがに皺《しわ》伸ばしてえね」

「わかってるって」

これでも一家の大黒柱、父親であり、夫であったのだが。実家へ帰ってくると、俺はただの息子でしかない。それがちょっと気恥ずかしい。

あくびを噛み殺しながら、俺は母を見送った。

父が亡くなって半年になるが、母はすこぶる元気である。

毎日、清掃、図書館、園芸のボランティアやら、シルバー人材センターの仕事やらで出かけている。まるで二年間、夫の介護で外出もままならなかった憂さを晴らすように、飛び回っている。

「ずっと前に覚悟はできとったし、あんたが帰ってきてくれたけえ……」

父が死んだ直後は殊勝にそう言っていたが、生き生きしすぎだった。

老後、たいがい女のほうが元気に見えるのは、いったいなぜなのだろう。

父は仕事を辞めてからすぐに体が弱って入退院を繰り返していたし、俺も明らかに体力・気力が落ちた。

昔は家庭に入る女性が多かったから、家庭をベースにして動く点で変化がないからだろうか。会社をベースにして動いていた男と、その点で違うのだろうか。共働きが当たり前になってきたから、この差も今後は変わっていくのだろうか。

そんなことをつらつら考えながら、仏壇に手を合わせ、顔を洗ってからテレビをつける。

最近は、ひどく寝付きが悪い。三時、四時になっても寝付けないことがある。

食欲もめっきり減った。茶碗《ちゃわん》半分の冷や飯と広島菜で茶漬けにすれば十分である。広島菜のしゃきしゃきした食感とピリッとした辛みで目が覚める。

テレビ画面では、朝ドラの子役が目にいっぱい涙を浮かべて、口を引き結んでいた。死にゆく母親の儚《はかな》くも優しい微笑を前に、必死に涙をこらえている。

俺は箸《はし》を置いて、ティッシュを取り、にじみ出てくる涙を拭《ぬぐ》った。

最近、子どもが頑張っている姿を見るだけで泣いてしまうのに、こんな健気《けなげ》な表情を見せられたらお手上げだ。

あの子役、何て名前だったかな？

子役時代の井上彼方を彷彿《ほうふつ》とさせる泣きの演技だ。

エンディングまで見終えてから、キャストを調べて、子役の事務所を確認し――ここまでしてから、ああ、もう必要ないんだった、と気づく。「あの子可愛い」で終わっていいのだ。

芸能事務所のページを閉じて、いつものBBSを見に行く。

エルゴ：あの子役の子、演技上手《うま》いね
　泣きの演技が自然

じゅりあな横手：ここんとこ、毎日あの子になかされてる

メイクどろどろ
さおしか：朝ドラの後でメイクしな！
かっしー：あの子、見覚えあるんだけど何に出てた子？
〈かっしー〉がリアルタイムで見ている。
ということは、今日は火曜日。
クララ：昔の井上彼方を思い出す演技だった。泣かせるね。
調べたら大河ドラマにも出てた。
書き込むと、すぐに返信がつく。
かっしー：あ、卯松《うまつ》役の子か！
エルゴ：顔もちょっと昔の井上彼方に似てる
クララ：インタビューで、彼方のドラマを見てテレビに出たいと思ったって答えてた。
この記事。https://www.nhk……
じゅりあな横手：マジで！？ そんなこと言われたら好きになっちゃうじゃん！！

いいやつ！　がんばれ！！　おうえんする！

さおしか…ちょろすぎる……。

俺はどうしても制作サイドに立ってしまうから、ネット上の好き勝手な感想を見て「いいよな、受け取るだけのやつは好き勝手に言えて」と思ってしまう。

もちろん、おもしろくないドラマ、失敗作というものは存在する。見ているドラマにそうなる気配を感じたとき、俺は関係者の無念を感じて打ちのめされる。みな力を尽くしているのにどうしても歯車が嚙《か》み合わずにダメになっていく。そういうときの焦燥を思い出して、胸が痛くなる。

逆に、ドラマ自体が面白かったり、好評だったりすると、他局の全然自分とかかわりのないドラマであっても、わがことのようにホッとする。特にNHKの朝ドラと大河ドラマは固定ファンが多いだけに期待も高く、評判がいいと他人事《ひとごと》ながら安堵《あんど》してしまう。

各人がそれぞれに好き勝手感想を書いているSNSは、ときどき、見るのがしんどい。明らかに自分の理解力や記憶力の問題なのに的外れな批判をしている人を見ると、その理不尽さに落ち込んでしまう。

その点、〈さおしか〉のBBSは気楽だった。

まず、映画やドラマを口汚くこきおろす人間がいない。もちろん、かんばしくない反応は普通にあるが、少なくとも品性を疑うようなもの言いはしない。

そのところは、管理人の〈さおしか〉のムード作りが上手いのだろう。

〈さおしか〉のサイトを知ったのは、インターネットが普及しはじめてすぐのころだった。

おそらく、今BBSに残っているメンバーのほとんどは知らないだろうが、このサイトは、元は「俳優・高梨宗太郎さま私設ファンクラブ」の根城だった。

高梨宗太郎は、十年ほど前に亡くなった昭和のスターである。日本人離れしたスタイルのよさでモデルとしてデビューし、のちに俳優に転身。男性的なシャープなフェイスラインに、整った甘い顔立ち。あまりの格好良さに、ファンでない人間まで「宗さま」と呼んでいた。

「東京に行ったら、どこかで宗さまとすれ違うかもしれない！」と上京した行動力の権化が〈さおしか〉であった。結局、「宗さま」とすれ違うこともなく、別の男と恋に落ちて結婚し田舎に帰ったそうだが、彼女はその後もファンを続けてファンサイトを作った。

俺がここを見るようになったのは、自分がスタッフとして携わっていたドラマに高梨宗太郎が出ていたからで、古参ファンたちの反応を見に来たのだ。

もともと高梨宗太郎の情報と、それとまったく絡まない旅行やみやげものの紹介のページが充実しているという謎のサイトだったのだが、宗太郎が大河ドラマや朝ドラに出演したことを機に、歴史やドラマのファンが流入しはじめ、一時期はかなりの人が出入りしていた。

いったいどういう心境の変化があったものか、〈さおしか〉は早々に高梨宗太郎関連のページやＢＢＳを分離し、隠しページにしてしまった。ページのすみずみまでドラッグすると入り口が見つかるという、懐かしいアレである。

宗太郎が亡くなったのもあって、ファンサイトは命日に追悼イベントをやっているくらいだが、今でもその日にはファンたちが集結する。

ＳＮＳで〈じゅりあな横手〉が「彼方くん！」「イケメンすぎる」「ヤバ!!　死ぬ！　イケメン死！」と騒いでいるのを見ると、「宗さまー!!」とＢＢＳで絶叫していた〈さおしか〉たちを思い出す。

昔のほうがずっと、芸能人は手の届かないスターだったわけだが、ファン心理は変わらないのだと感慨にふけってしまう。

朝ドラを見て洗濯物を干してから、ドラマのレビューをもう一度だけ見直して送った。

ネットメディアの連載で、このメディアがタイアップしているドラマを見て毎回レビューを書くのだ。

これが今の俺の、唯一の定期的な仕事である。

他には、「夏ドラマ中間レビュー」とか「期待の秋ドラマ」みたいな単発の依頼が来る。

もともとは、退職の際に知人に声をかけられて、彼のメディアで始めたことだった。介護をしながらできるし、完全に社会と縁が切れるのが不安だったのもあって引き受けた。

そこから徐々に、依頼してくる人が増えた。

仕事柄ドラマを見続けてきたため知識の蓄積があるし、新しく依頼してきた編集者は、「絶対にけなさないし、褒め上手だから」と言った。

確かに俺は、ドラマをけなさない。けなしたら、過去の手がけた作品にブーメランになって返ってくる、というのもある。しかし、それ以前に、「誰ひとりとして、ひどい作品にしようと思ってはいない」ということがわかるから、こきおろしたりできない。

もちろん、見ていて「あちゃー！」と思うことは多いが、ドラマの展開がまずいなと思ったらそこには触れず、一つ一つの場面のよかったところについて書く。役者の演技、セリフ、画《え》の美しさやムードを褒める。

本名でやっているSNSのアカウントには、たまに、関係者からお礼のDMやリプライが来る。くじけずに頑張ってくれ、と心から思う。

一度仕事にしてしまったからか、今はもう、ただ単純にドラマが楽しみで仕方ないと、子どものころのようには思えない。でも、俺はやっぱりドラマや映画が好きなのだ。

ＰＣを閉じたところで、タイミングよくスマートフォンが光りだした。

見ると、メッセージアプリの家族グループに妻からメッセージが届いていた。

まさこ：「春来たりなば」のレビュー読みました。
　あの犬の場面、わたしもすごくよかったと思う！
　優しさがにじみ出てる。

続いて産休中の娘からのメッセージ。

まり：お兄ちゃん役の子もよかった！

こういうとき、息子の健司《けんじ》からは何の反応もない。今は仕事中だろうし、たいてい事務連絡しかしてこない。まあ、男の子はそういうものだろう。

妻と娘にはピースサインのスタンプだけ返しておく。

アプリの画面をまじまじ眺めて、不思議なものだなあと思う。

崩壊したかもしれなかった家族が、何事もなくこうして続いていく。

もう二度と一緒に住むことはないだろうが、俺が二十年以上を捧《ささ》げたドラマが家族をつないでいる。

広島に帰ろうか、と考えはじめたのは、管理職になって数年経ったときだった。

現場でドラマを作り続けて二十余年、五十歳のときに俺はついに現場を離れることになった。

とうの昔に、プロデューサーとしては「上がり」の状態になっていた。十分経験を積んだし、そろそろ現場を離れて管理職になれよ、という打診が幾度となく来ていた。

まだ年功序列の空気が残っていて、若手を起用するためにもおっさんはそろそろ現場の席を空けてくれ、というムードもあった。

学業優先のために休んでいた井上彼方が復帰して、子役から脱却しつつあったころのことだ。

手がけた最後のドラマで、俺は彼を五番手（五番目に名前がクレジットされるという意味だ）のキャストとして起用した。

「一生、この仕事をやっていきたいです」

そう言った彼は眩《まぶ》しかった。

仕事柄、美男美女を見慣れた俺がそう思ったのだ。

「彼は必ず『来る』。スター性がある」

方々で、俺はそう言った。

引き立てたい俳優は、印象的な脇役として使い、それを何度か重ねて徐々に役のランクを上げていき、ブレイクさせる。それが俺の方法だった。起用が一度きりになってしまうのは心残りだったが、現場を離れざるを得なかった。

自分の感覚と時代がズレはじめていたのか、一時期ほどにはドラマをヒットさせられなくなっていて、我を通すことができなかったのだ。

現場を離れて数年後、彼方の出世作になるはずだったドラマが大コケしたときには、落ち込んだ。自分が関わっていたら、大ヒットまでとはいかなくても、あそこまでひどい作品にはさせなかっただろう。初のゴールデンタイムの主演作でミソがついてしまったのが気の毒でならなかった。運も実力のうちとは言うが、あのころの彼は本当に不運続きだったように思う。

広島の父が倒れたのは、そんなときだった。

「会社辞めて、広島に帰ろうと思うんだけど」

初秋の休日、朝食のときに妻の眞砂子《まさこ》にそう切り出した。

息子はすでに就職して家を出ており、娘も大学三年生。

子育てはほとんど終わりかけていた。ローンもなく、これから大きな出費の予定もない。ちょうどいい時期だ、と思っていた。

「そうねえ、お義母《かあ》さんお一人じゃ、大変だものね」

食後の紅茶を淹《い》れていた妻は、おっとりと言った。

プレートに盛られたシャインマスカットの透き通るような黄緑と、なみなみと注がれた紅茶の色を、今でもはっきり覚えている。ソーサーに添えられた妻の手も。

幼いころからピアノをやっていた妻は、美しい手をしていた。指がほっそりと長く、肌は白く、きめ細かかった。

初めて出会ったのは、妻が端役の女優として現場にやってきたときだった。顔の美しさよりも、壊滅的な棒演技よりも、その手の美しさが印象的だったのを覚えている。

「健司は全然連絡してこないけど、『便りがないのはよい便り』って言うし、眞莉《まり》はこれから就職活動だけど、あの子のことだから、うまくやるわよね」

紅茶を一口飲んでから、眞砂子は歌うように言った。

「そうだな」

「長かったわねえ。子育ても、もうおしまい。そろそろいい時期よね。わたしたちもソツコンしましょ」

「そうだ……ん⁉　何⁉　ソツコン⁉」

うっかり相槌《あいづち》を打ちかけた俺は、訊《き》き返した。

ソツコン、が漢字変換できないまま、妻の顔を見つめる。

「卒業の卒に、結婚の婚」

カップをくちびるから離し、眞砂子が漢字を説明する。

青天《せいてん》の霹靂《へきれき》だった。

「離婚したいってことか⁉」

つい声が大きくなる。

「いいえ、離れて別々に生きようってこと」

答える妻は冷静だった。

昔のままの、ガラスみたいな大きな目で俺を見つめ返す。

「わたしはあなたと縁を切りたいとは思ってないの。でも、そうね……あなたが『一緒に来ないなら離婚する』って言うなら、それでも仕方ないって思ってるわ」

いつも通りにおっとりと、妻は言う。

「いつまで経っても棒演技が直らない」と言われていた妻だが、感情的にならず、常に気分がフラットなのは、一緒にいて頼もしい部分だった。

しかし今は、その動じなさが恐ろしい。

「いや、なんで、あの、ええっ⁉」

俺はすっかり動転していた。

「働き方改革」が叫ばれる前のことだから、特に現場で働いていたころ、俺はほとんど家にいなかった。子育ては妻に任せきり。それがよくなかったのだろうか？　でも、「パパが作ったドラマだよって、みんなで一緒に見てるのよ」とにこやかに報告してくれていたじゃないか。

これまでのおのれの所業をふり返り、ひどく焦っていた。

「金の切れ目が縁の切れ目ってやつか！　俺をATM扱いしてたんだな！」とは思わなかった。なぜなら、妻の実家は太い。マンションの購入費も、半分は妻の実家が出している。だからこそ、離婚しても妻は困らない、というのはあっただろうが。

「広島には行きたくないの」

動揺している俺を見つめ、ゆっくりと妻は言った。

「お、尾道好きだって言ってたじゃないか！　すてきな街ねえ、って」

「すてきな街よう。でも、住むのは別」

妻の口調は優しかったが、最後の声音は毅然《きぜん》としていた。

「それにねえ、これが一番の理由なんだけど」

歌うように、妻が言葉を紡ぎ続ける。

続きを聞きたくない。

「誰かのケア要員でいるのは、もうやめたいの。あなたが会社を辞めるなら、わたしも誰かのお世話からは卒業します。実家の両親は、別だけど」

ぐうの音も出なかった。

もちろん、俺自身も両親の介護をするつもりでいた。でも、当然のように妻を介護要員にふくめて考えていた。妻はそれを見抜き、拒否したのだ。

あなたと子どものケアはしてきた。自分があなたのためにできるのは、ここまでだと。

その拒絶に対していじける気持ちもあり、離婚も検討した。

でも、結局、離婚はせずに「卒婚」にとどまっている。

妻が言ったのと同様、俺も「縁を切りたいとは思ってない」のだ。

つくづく思う。

人生は長すぎる。昔だったら、俺たち夫婦は最後まで添い遂げたことになったのに。

平均寿命まで生きるとしたらあと二十余年。

仕事を辞めて「卒婚」して、いったいどう時間をつぶせばいいのだろう。


「ようクラ、気は変わったか？」

土曜日の朝、藤井から電話がかかってきた。

「変わるわけないだろ」

会ってから一週間も経っていない。

「いや、俺にゃあわかる。お前はやりたいんじゃ」

「何を根拠に」

「高校のときじゃってそうじゃったじゃろ。一緒に映画作ろうや言うたら、『見るなぁ好きじゃけど、作るの興味ない』やら言うて。結局ずっと作っとったし。ほいで、テレビ局にも入ってしまうし」

「四十年以上前の話を持ち出すなよ」

それに、あのときは本当に、作る側になるつもりはなかったのだ。

高校一年生の夏休みに入る前だったと思う。

学校が早帰りだった日に、村上と藤井と一緒に映画を見にいった。

村上と俺が同じクラスで、村上と藤井が中学からの同級生。藤井とはそのときが初対面だったはずだ。

見た映画について喫茶店で語りあったあと、二人は自分たちが映画研究会に入っていることを告げ、「一緒に作ろうや」と言った。

俺は映画もドラマも好きだったが、自分で作ることは一切考えなかった。尾道で撮影が行われていることはしばしばあったが、なにか自分たちとは違う、きらびやかな才能を持った人たちが、東京という大都会からやってきて作るものだと思っていた。

藤井は地元の音響会社の社長の息子で、映像関係の仕事が割と身近にあり、村上は将来何かを書く仕事をしたいのだという。

二人が「きらびやかな才能を持った人たち」の予備軍であったことに、俺は驚いていた。

「どがいなん作るん？」

訊いたら、二人はあっけらかんとして答えた。

「さあ？　まだ何も考えとらん」

……ダメだこりゃ。

そう思って、俺は話をそらした。映画作りの話は、そこで終わった。

しかし、その後も村上・藤井との親交は続く。

二人は、いろいろ夢を語る。アイディアも出す。

こういう話が書きたい、こういう絵を撮りたい、あの映画のあのセリフは良かった、その場面も美しかった……

話が脱線していって、それきりになってしまう。

よくよく話を聞くと、映画研究会というのも、そんな感じらしいのだった。何かを作ろうと楽しく語り合うものの、語るだけ。たまに実際に動きだすこともあるが、たいていはだらだらぐずぐずと進行して、結局完成しないまま企画は自然消滅する。五年に一度くらい、実行力のある人間がいる代に作品を完成させ、コンクールに応募していいところまでいく。

いつまでに何をどうするというプランニングがなされていないのだ。もしくはなされていても、それを実行すべく監督する人間がいない。

「ほいじゃあ、いつまでたっても実現せんじゃろ⁉　何も作らんまま卒業じゃけえ！」

イライラした俺は、三か月後、ついに仕切りだしてしまった。

誰もやらないから、やむなく俺がやることになったのだ。


「やろうや。暇じゃろう」

電話の向こうで、藤井が言う。高校時代と同じような軽い調子で。

「暇じゃないっての。俺は俺で仕事があるの」

「え、何の仕事なん？」

「ドラマのレビュー書いたり、映画のおすすめ選んだり」

まあ、忙しいというほど、大した仕事量ではないのだが。

「ほえー、やっぱりお前、好きなんじゃろう」

その後に生じる話の流れには予想がつく。俺は流れを断ち切るように、急いで言った。

「お前も、同級生だからって安請け合いするんじゃないよ。お前、まだ会社で働いてるんだろ。並行して進められるのかよ」

「うちの会社、休日なら副業ＯＫ」

「そもそも、そのCM、いつまでに作るんだ？」

「決まっとらん」

「は？　費用は？」

「聞いとらん」

「おい！　費用と期間によって何ができるか変わるだろう！　そこをまず決めてこいよ！」

「うーん……」

藤井の返事は煮え切らない。

これでもこいつは、音響会社の役員である。つい最近、孫まで生まれたじいさんである。こんなちゃらんぽらんで、仕事も生活も立ち行くわけ……

そこまで考えて、はたと気づく。

「じゃあ、仕事があるから切るよ」

慌てて電話を切った。

危ない、危ない。やつらの手だ。

高校時代の経験があるから、知っているのだ。のらりくらりとしていたら、俺がしびれを切らしてしゃしゃり出てくるって。

「何の話か知らんけど、やりゃあええじゃないの。暇なんじゃけえ」

草むしりをしていた母が言った。

電話が聞こえていたらしい。

母は俺が県内有数の進学校に入ったことが自慢で、その高校の同級生のことはみんなエリートだと思っている。俺が「学校の友だちの付き合いで」と言えば、たいていのことは許された。藤井や村上への信頼が異常に厚いのだった。

「やらないよ。買い物に行ってくる」

振り切るようにして、俺は家を出た。

「熊谷樹里」から今日荷物が届くと、配送会社からメールで通知が来ていた。

〈じゅりあな横手〉から「おいしいもの便」が来るのだった。

ＢＢＳのメンバーで始めた「おいしいもの便」はもう七年目になる。

なぜだか、よそから「おいしいもの便」が送られてくると、地元のスーパーに行きたくなる。早くも次に自分が送るものを選びたくなる。

五月に送ったばかりだから、次に俺の番が回ってくるのはだいぶん先なのだが、下見に行くことにした。

広島は結構、ローカル食品に恵まれている。

人に送ることになって初めてそのことに気がついた。

もみじ饅頭《まんじゅう》に、レモン、牡蠣《かき》。

特産品が多いし、みやげものではないスーパーの商品も、地元のメーカーのものが結構ある。

牡蠣の醤油《しょうゆ》や味付け海苔《のり》、味噌《みそ》は誰に送っても喜ばれる。

もみじ饅頭は店も多いし、種類もいろいろ。季節限定商品もある。

レモンも幅広く展開している。パンやケーキ、ゼリーや飲料。みやげものの定番になりつつある「瀬戸内れもん味イカ天」のメーカーからは、梅味やはっさく味のスナックも出ている。

「ゆかり」をはじめとした三島食品のふりかけは全国展開しているようだが、よその県では二、三種類しか扱っていないスーパーも多いようで、「ひろし」や「うめこ」、「あかり」を送ると「こんなのあったんだ!?」と驚かれることもある。

「Ce《セ》LA《ラ》LA《ラ》」「霧里《キリリ》ワイン」など地元の酒も豊富だし、タカキベーカリーのパンは色々あるから、ネタは尽きない。

冷蔵便のときには、弁当の定番・福留ハムの「花ソーセージ」や「瀬戸内レモンたまご」、ししゃもの卵を入れたこんにゃく「子持ちこんにゃく」などを送った。

買いものかごに夕飯のための食材を入れるついでに、食べたことのない食材も入れていく。

広島産・岡山産の食品を探しながら、なんとなく気もそぞろだった。

藤井のＣＭ制作の話が気にかかっていたのだった。

――暇なのに、なぜやらないのか？

自分に問いかけてみる。

まず、藤井に言った通り、畑違いだからだ。

しかし、それなら藤井や村上だって同じこと。畑違いどころか、ずぶの素人である。

なのに、なぜやつらはやろうといい、俺はやりたくないのか。

やつらが素人ゆえに軽く考えているというのもあるだろう。

だが、それだけじゃない。

薄々、自分で気づいていた。

俺を渋らせているのは、今さら高校時代のような、素人レベルのものを作りたくないというプライドだ。機材も人材も十分に揃えられない環境で作るものなど、たかが知れている。

企画を立て、人を集め、費用を分配し、進行を決める。責任者として、テレビで放送するようなものを作ってきた人間の、見栄《みえ》のようなものだった。

帰宅すると、荷物はすでに届いていた。

〈じゅりあな横手〉は、昨年、秋田県から徳島県に引っ越した。

昨年の「おいしいもの便」は秋田からのものだったから、初の徳島発のものになる。

徳島のものは以前、〈さおしか〉が送ってくれていた。久しぶりだった。

段ボール箱を開けると、細かなものがいろいろ詰まっている。

「一六タルト」、「ぶどう饅頭」、「日《ひ》の出《で》印 味付のり」といったみやげものの定番から、徳島製粉「金ちゃんヌードル しお」、「金ちゃんヌードル カレー」、阿波《あわ》踊《おど》りのイラストがついた「徳島珈琲《コーヒー》」、いかにもローカル商品といった手作り感が漂う「焼肉のたれ 川島《かわしま》特産ニンニク入り」、輪切りにしたさつまいもを蜜《みつ》につけ込んだらしい「鳴門《なると》うず芋」、互い違いになった薄切りの二色のパンを巻いた「チョコボール」……

〈さおしか〉は、箱に詰まったすだちや、すでに全国ブランドになったさつまいも「鳴門金時《きんとき》」、「さぬきのめざめ」とかいう香川産のアスパラなんかを、まとめてどーんと送ってきていた。地元民だったから、送りたいものが明確だったのだろう。

〈じゅりあな横手〉はよそから来た人間だから、スーパーで見るものがもの珍しいのだろう。あれもこれもと、入れようと思ったにちがいない。なんとなく微笑ましい。

箱の端に封筒が入っていた。

〈じゅりあな横手〉のキャラには不似合いな、落ち着いた渋いデザイン。

開けてみると、二枚の便箋《びんせん》に手紙が書かれていた。

ハロ〜クララ

徳島は、スーパーのさしみとかすしの量、おかしいよ！　めちゃ多い！

今回は、いろいろ徳島のもの食べて、あたしがおいしいと思うものおくってみたよ。

「金のしずく」ってやつと「マンマローザ」ってやつが、あたしはとくに好き。やき肉のたれもめっちゃおいしい！

あと、「金長《きんちょう》まんじゅう」ってやつのおもしろい話があるから、おばあちゃんが教えてあげてって。

「阿波《あわ》狸合戦」という昔話が徳島にはあります。たぬき同士の抗争を描いたお話で、主人公格のたぬきが「金長」。人間に助けられた金長が出世を目指して修行する中、修行先の親分と仲違《なかたが》いし、カチコミをかけられて仲間を失い、仇討《あだう》ちを誓い……ヤクザの抗争のような、血湧き肉躍るドラマチックなお話です。

金長まんじゅうは、この金長にちなんだお菓子だそうです。「阿波狸合戦」はジブリのアニメ映画「平成狸合戦ぽんぽこ」の元ネタの一つにもなりました。

だって！

あたしはその映画、見たことないや。

おばあちゃんが、広島の「こもちこんにゃく」ってやつを食べたいって言ってるから、次にクララが冷たいもの送ってくれるとき、できたらそれも入れてね！　バイバイ

じゅりあな横手

真ん中の「阿波狸合戦」の説明の部分だけ、筆跡が違う。たぶん、「おばあちゃん」が書いたのだろう。なんとなく見覚えのあるような上品な文字だが……急に「カチコミ」という表現が出てきてぎょっとする。文字と内容のギャップがすごい。

それにしても、若い子特有の無邪気さなのだろうか。〈じゅりあな横手〉の手紙は、ノリがBBSとまったく同じで苦笑してしまう。

仕事で出会った二十代の子たちは、もう少し落ち着いていてしっかりしていたが、それは仕事だったからなのだろうか。

不快ではなく、ただ不思議で、むしろ面白かった。おじさんは、若者になれなれし

くされると嬉《うれ》しいのである。

「金長まんじゅう」は、二種類入っていた。和紙を模したような質感の個包装。白地に、赤と黒で描かれた狸らしきイラストが入っているものが、おそらくノーマルタイプ。淡い黄に、茶色で狸らしきイラストと金色で商品名が入っているほうが「金長ゴールド」。

「銘菓」と書かれているし、それぞれ「全国菓子大博覧会　名誉総裁賞受賞」「全国菓子大博覧会　茶道家元賞受賞」と書かれている。たぶん、箱詰めにしておみやげにされるようなお菓子なのだろう。

母と午後のお茶の時間に、食べてみた。

平たい小さな饅頭である。厚めのクッキーに見えなくもない。ノーマルタイプは「ちょこれーと饅頭」と書かれているようにココアを混ぜこんだブラウンの生地の中に白あんが入っている。「ゴールド」のほうは、ベージュの生地に白あん。

かすかにつやのある生地はしっとりしていて、中のあんがほろほろと口の中でほどけていく。ほんのりとしたチョコレートの香りと風味に、あっさりした甘さ。緑茶と一緒に食べたが、コーヒーにも牛乳にも合いそうな菓子である。

パッケージに書かれているように、作られた当初はチョコレート風味がハイカラだったのだろう。洋菓子に慣れ親しんだ舌には、どことなく懐かしい、古き良き和洋折袁菓子、という感がある。

スマートフォンを手にして「阿波狸合戦」で検索してみた。

昔話につきもののいろんなバージョンがあるようだが、だいたいこんな話である。

江戸時代、染め物屋の茂右衛門《もえもん》が人間の子どもにいじめられていた狸を助けると、茂右衛門の店は大繁盛。恩返しをしようとした狸の力によるものだった。狸が事情を語ったところによると、狸の名は「金長」。二百歳を超える地元の狸の頭である。

金長は、狸としての位を欲して、津田《つだ》（たぶん、地名だろう）の狸の総大将・六《ろく》右衛門《えもん》のもとへ修行に出る。念願の位を得る寸前までいくが、仲がこじれて、六右衛門が家来とともに金長を襲撃。千匹を超える規模の大戦争が始まり、仲間を殺され、復讐《ふくしゅう》を誓う金長は、やがて六右衛門を食い殺して仲間の仇《あだ》を討つが、自身も傷を負って命を落とすのであった……

講談の題材となり映画化もされた、地元では有名な話であるらしい。

いくつかのサイトを見たあと、俺はスマホを手にしたまま、うろうろと部屋の中を歩き回った。

「まだ直っとらんかったの。それ、やめなって昔から言いよるじゃろ」

テレビを見ていた母が、迷惑そうに声を尖《とが》らせる。

考えごとをするときの俺の癖だった。企画を煮詰めるときにも家の中を歩き回り、妻にも迷惑がられていた。妻は表だって文句は言わず、「お散歩に行ったら？」と言うだけだったが。

やむなく、俺は家を出た。あてもなく坂道を歩く。考えごとをするときには体への注意が散漫になるのか、歩くのが苦痛ではない。

ひどく動揺していた。

「平成狸合戦ぽんぽこ」を、俺は見ていた。公開当時、もう三十年前だったが。

そして、「平成狸合戦ぽんぽこ」に関連する神社の取り壊しに関する騒ぎがあったことも、俺はニュースで見てうっすらと知っていた。

なのに、元ネタがあることを知らなかったのだ。神社に関するニュースに興味を向けていたら、気づいただろうに。

この焦燥は、母にも妻にもわかるまい。

なぜ気づかなかったのか。なぜ知らなかったのか。

講談やら映画やらで人気を博していたものは、エンタメの「受ける型」をきっちり備えている。時代劇が作られなくなりつつある今、「忠臣蔵《ちゅうしんぐら》」を知らない若い世代も多いというが、あれは登場人物のキャラ立てやバリエーション、ストーリー展開、ひねって再解釈する余地の豊かさまで含めて、すごいコンテンツなのだ。「阿波狸合戦」だって、そうだ。

別に、狸の戦争やヤクザの抗争をやりたいわけではない。

ただ、自分は現役時代に、それを知らなかった。企画として検討する以前の問題だった。

それがひどく悔しい。

心を波立たせながらひたすら歩き――気づいたら、千光寺《せんこうじ》の近くまで来ていた。観光客がロープウェイで上ってきて、尾道の風景を堪能《たんのう》できる人気スポットである。

息が切れていたので、千光寺の手前、千光寺公園の「恋人の広場」で休憩する。

ロマンチックな名前がついているが、広場の形がハート、花壇の形もハート、というだけの公園だ。しかも、桜の時季はともかく、今はあまり手入れがされておらず、草も木もぼうぼうになっている。そのせいか、いちゃいちゃする恋人たちの姿は皆無。離婚したも同然のおっさんが一人でいても気兼ねする必要がない。

階段に腰かけて休憩する。

九月も下旬、日中はまだまだ暑いが、日が傾くのが明らかに早くなっている。夕方になると風もひんやりとしてくる。

眼下の風景を眺める。

山肌に立ち並ぶ家々と、寺の緑、海と空、島影。

まるで風に吹き流されるように、空の色はどんどん移り変わっていく。黄みが抜けて、青みが増してくる。

尾道は、昼間よりも夕刻のほうが美しいと思う。

民家や店の雑然とした色合いが目立たなくなり、主役は空と海の色。木々や建物のシルエットが浮かび上がり、影絵のような風景になる。

まだやりきってないな。

画面に映えるであろう風景を眺めながら、思った。徳島からの贈りものが、俺にそう思わせた。

まだやれていないこともある。余生に入るには、まだ早い。

じゅりあなさん、今日、おいしいもの便が届きました。ありがとう。

徳島での生活を満喫しているみたいで何より。

海に囲まれているだけあって、四国は海の幸に恵まれていそうだね。

阿波狸合戦の話も、ありがとう。

奇妙に思われるかもしれないけれど、今後の生活が変わるような、本当に大きな刺激をもらいました。おばあさんにお礼をお伝えください。

子持ちこんにゃくの件は了解。次に冷蔵便を送るときに必ず入れます。

私からもリクエスト。次に常温便を送ってくれるときは、「小男鹿」をお願いします。知っているかな？　さおしかさんは、これが好きだからハンドルネームをさおしかにしたそうです。「澤鹿」や「さわしか」（漢字とひらがなの違いだけど、別の店の商品だそうです）など、似た商品がたくさんあるそうなので、そちらでも構いません。

彼方は、大河ドラマでの評判も上々なようで何より。

「みがわり先代萩」もすごく良かったけれど、映画だと見る人も限られてしまうから。大河で彼の良さが広く知られるようになるといいなと思います。

ではまた。

クララ

帰宅してから〈じゅりあな横手〉にメールを送った。

メールだとルビを振ることができない。漢字の読み方をカッコでつけておくか？

と迷ったが、失礼になりそうだからやめた。おばあさんと仲がいいようだから、わからない漢字や読み方はおばあさんに訊《き》くだろう。

史実から考えると、彼方はそろそろ退場予定なのだが、そのことには触れないでおいた。本能寺《ほんのうじ》の変で信長《のぶなが》が光秀《みつひで》に殺される、と書いただけで「ネタバレするな！」という層がいるのだ。小学校・中学校で何を習ってきたんだ？　と謎だが、まっさらな気持ちでドラマを見られるのはいいな、と思う。

「このたれ、うまいなあ」

夕食中、焼肉のたれのボトルを手にして、俺は言った。

〈じゅりあな横手〉が送ってきた「焼肉のたれ」だ。

豚こまと玉ねぎ、ピーマンを細切りにした肉野菜炒《いた》めの味付けにさっそく使ったのだが、〈じゅりあな横手〉が言うように「めっちゃおいしい」。

とろりとした飴《あめ》色のたれは、にんにくが利いていてほんのり辛い。かすかな辛さとフルーツの甘みが混じり合い、濃厚な旨《うま》みがあるのだが、どことなく上品でもある。

半透明になった甘い玉ねぎや、苦みのあるピーマン、柔らかく脂ののった豚の薄切り。その具材すべてとよく合って、ごはんが進む味なのだ。

ボトルに貼られたシールでは、「すだちくん」という緑色の顔のキャラクターが、川島町特産のにんにくと果実をたっぷり使って作ったと説明している。「川島町」が徳島県のどこにあるのかわからないが、本当にローカルな商品なのだろう。

「うん、うん」

テーブルの向かい側で母は相づちを打っているが、目はテレビに吸い寄せられていて、上の空。

でも、さっきからせっせと肉野菜炒めを口に運んでいるので、気に入ったのだろう。

テレビでは、大河ドラマをやっていた。

食事のときにテレビを見ることについては賛否両論あろうが、うちは昔から当然のようにテレビを見ている。

「この子、えらあきれいな顔しとるのお。なんて名前じゃった?」

ようやく半分だけ俺に視線を向けて、母が言う。

「井上彼方」

「ちょんまげでもあがいなかっこいい人、高梨の宗さましかおらん思うとったわ」

母は感嘆のため息をもらし、再びテレビに目を向ける。

ドラマは彼方演じる武将の死に向かって、着々とエピソードを積み重ねているところであった。

最近、彼方にスポットライトがあたっているのは、近々死ぬから。そう察した視聴者から、「殺さないで!」と嘆願書ならぬ嘆願コメントがSNSの公式アカウントに殺到しているという。

史実だからどうしようもないし、そもそも、撮影も編集もとうに終わっているはずだ。それでも、そこまでの人気が出たということに、俺は泣きそうになってしまう。人ごとながら、安堵《あんど》してしまう。

八年前、まだ線の細い少年の面影を残していた彼方は、完全な大人の男の体格になっていた。たぶん、役作りのために相当体を鍛えたのだろう。すでに少年の色は抜けている。

俺は思い上がっていたのかもしれないな、と思う。

彼方の不遇が、自分の責任であるかのように感じていた。

彼をブレイクさせる前に現場から離れてしまったから。自分がいたら、あんな大コケはさせなかった、という自負もあった。

でも、ちゃんと彼は這《は》い上がってきた。

十代のころに主役をやっていた俳優も、ある程度の年齢になれば、ずっと主役を張れる俳優と、バイプレーヤー専門になっていく俳優に分かれていく。遅咲きの俳優は少なくないが、彼方は芸歴が長いだけに焦りもあったに違いない。それでも、腐らずに演技を磨き、いい役に抜擢《ばってき》されるだけの力をつけたのだ。俺がいなくても、見ている人間はいるし、ちゃんと彼を評価する人間もいる。

すっかり涙もろくなったおじさんは、ティッシュで目元を拭《ふ》きながら、俺も頑張ろうと励まされるのであった。

青木工房の新作は、美しいノートだった。

暮れなずむ夕刻の空、夏の渓流の水、雪国の青白い冬の朝。自然のそんな風景を連想させるような、グラデーションの色合いが美しい表紙。そこにテーマを表す模様や言葉――水鏡、緑陰、夕星《ゆうづつ》、雪華――が入っている。

「エモいね～」

会社の応接スペースで、村上が感嘆したようにしみじみと言う。

「エモいな」

俺も同意する。

新しい言葉には新しい言葉にしかないニュアンスがある。エモーショナル、趣深い、風情がある。それらのどの言葉でも表せないような。

「競争に勝てなかったのは、デザインの差かと思いまして」

藤井の中学の同級生だという青木工房の社長は、自信なさそうに言った。

「そうですね。同じ作りでも、こっちのほうが圧倒的に受ける気がします。素人意見ですが」

既存の製品と新製品を並べて、俺は言う。

特許を取った新技術は確かに画期的なものなのかもしれなかったが、それを取り入れた商品の第一号は、正直、見た目がダサかった。これは個人的な好みもあるのかもしれないが、中の罫線《けいせん》が濃すぎるのもよくないと思った。

その点、新商品は表紙が美しく、罫線も薄い。きれいで儚《はかな》いイメージで統一されている。

俺は特に文具好きではない。仕事ではずっとモレスキンのノートを使っていたが、こだわりがあったわけではない。人に勧められたし、特に問題もないからというだけだ。

開きやすさ、書きやすさにつながっているという青木工房の新技術は、正直なところ、こだわりのない人間には価値がわからない。でも、そういうこだわりのない人間に「持っていることが自慢になる」という理由で買わせるデザインの力が、このノートにはある気がした。

俺は交渉に入った。

動画は道具とある程度の知識があれば、誰にでも作って投稿することができるが、そのクオリティには大きな差がある。大勢の視聴者を抱えるユーチューバーがスタッフを雇っているのはそのためである。もし風景や人を撮影する形でCMを作るのであれば、これだけの工程とこれだけの人手がいる。個人のユーチューバーだって、もう少し人件費は使うだろう——。

こういう交渉は、長年会社でやってきたことだ。

結果、最初に提示された予算に、なんとか上乗せした金額をもぎ取ることに成功した。

「自然の色がテーマなんじゃけぇ、やっぱ映像は風景じゃろ」

「この予算だと作れるのは一種類だけだろう。どの季節にも共通するものってなると、やっぱりこの空の色じゃないか」

「千光寺の近くにカフェがあっただろ。あそこがいいかもな。窓に面したカウンターがあったはず」

青木工房からの帰り道、村上・藤井とともに喫茶店で額を集めて話し合う。

俺が手帳にイメージ画を描き付け、村上がコピーを考え、藤井がBGMのイメージを提案する。自然と役割分担ができていた。

村上も藤井も、「ほーら、やっぱりやる気じゃん!」みたいなことは言わなかった。

いや、俺が「あれ、どうなった? いいかげんに話を進めろよ!」と言い出したときににやにやしていたから、思っているには違いないのだが。

「ターゲットは、二十代から四十代の女性ってことだから、女優もそれくらいの歳の人がいいよな」

「これが一番難しいよ。あくまでも主役はノートだからな。女優に目が行っちゃう映し方はダメ。映すのは、字を書いてる手とか、髪とか後ろ姿とかだけで、でもきれいなイメージは守れるような……」

「パーツモデル？　地元におるかな？」

「カメラと同じように、募集かけるか？」

「オーディションやる時間も金もないしなあ」

村上や藤井と顔を合わせ、話し合い、募集をかけて人を選び、また人に会い、方々に連絡を取った。俺は尾道の坂を何度も往復した。夕方には疲れ果てて、何もできなくなる。

ただ、このところずっと悩まされていた不眠が解消し、二十三時には気を失ったように眠りの淵《ふち》に落ちた。ぐっすり寝て、七時には目覚める。朝、目覚めたときには、気力・体力ともに、しっかりチャージされている。

もしかして、体力不足も不眠も、歳のせいではなかったのだろうか？　やる気や運動の不足が原因だったのでは……？

そう考えざるをえなかった。動き回っていたら、たちどころに解決してしまったのだから。

虫歯菌だけは相変わらず元気で、俺は歯医者通いを続けていたけども。

尾道のお好み焼きには、するめを揚げたイカ天と砂ずりが入っている。

東京で通じなかったので念のため説明しておくと、砂ずりというのは砂肝のことである。

たっぷりのキャベツに焼きそば、トッピングには大きめのイカ天と砂ずり。一般的に「広島風」と言われているものにはもやしが入っているが、「尾道風」の場合、入れたり入れなかったり。ソースはこってりと濃厚。

ちなみにお好み焼きソースの定番「オタフクソース」は広島生まれである。

「ようもまあ、顔を出したもんじゃのお」

お好み焼き屋の鉄板を前に、呆《あき》れたように母が言う。

言葉を投げつけた相手は、俺の妻・眞砂子である。

テーブルの向かい側で「おいしいわあ」と地ビールを飲んでいた眞砂子は、きょとんとして母を見る。

「俺が呼んだんだよ。撮影に協力してもらったんだ」

俺が、隣に座った母に説明する。

結局、新たに一からモデルや女優を探すのも難しく、俺は東京の妻に連絡を取ったのだった。「バイトをしないか。交通費は出す」と言って。

千光寺近くのカフェに頼み込み、午後から貸し切りにしてもらって、撮影をした。

夕暮れの美しい空の色と影絵のような街並みが見えるカフェの窓辺で、ノートにペンを走らせる女性の姿。

妻の手は、相変わらず美しかった。指が長く、白く、歳のわりには肌も若々しい。髪にも艶《つや》がある。

さすがに二十代のような瑞々《みずみず》しさはないが、「人生に寄り添うノート」というコンセプトには合っていた。

そして、昔取った杵柄《きねづか》とでも言うべきか、一時女優をしていた眞砂子は、撮影の要領もよく心得ていた。女優時代、セリフは棒読みで目も当てられないありさまだったが、物言わぬ場面ならば、そこまでひどくはないのだった。

おかげで撮影は、かなりスムーズに進行した。空の美しい色合いが出るのは短い時間だけだから、まったくのド素人だったら一日で完了はしなかっただろう。

眞砂子が事前に「久しぶりにお義母《かあ》さんにもご挨拶《あいさつ》したいわ」と言ってきていたので、撮影後に尾道駅近くで夕食を取ることになったのだ。

「私、何か悪いことしました？」

小首をかしげて妻が問う。

「夫が広島に帰ったのに、東京から動かんいうておかしいじゃろ」

険のある声で母が言うと、眞砂子が母の顔を見る。

「うーん……でも、お義父《とう》さんとお義母さんは、私の両親じゃありませんし。それに、ほら、至らない嫁に介護されるのも嫌でしょ？　苦労知らずだの、気が利かないだの、頭が悪いだの、こき下ろしていた相手だもの。何されるかわからないでしょう？」

うっすら笑みを浮かべた顔で、眞砂子は言う。

思いもよらない反撃だったのか、母はうろたえていた。

「え、こき下ろしてたの？」

俺が眉《まゆ》をひそめて問うと、ますます母は狼狽《ろうばい》する。

「人聞きの悪《わり》い。注意しただけじゃないね」

「ずいぶん熱心にご指導いただきまして」

すました顔で眞砂子が答える。

俺がまじまじと母の顔を見ていると、ビールを飲んだだけでそそくさと母は帰ってしまった。「気分悪いわ」などと言って。

その母のふるまいで、ようやく俺は気づく。二人にとって、これは相当根深い問題だったのだ。

「ごめんなさい、注文した分なんですけど、一人分は包んでいただけますか？」

眞砂子が店のスタッフに声をかける。

「……ごめん、気づかなかった」

俺は詫《わ》びた。

母と眞砂子が、とりわけ仲のいい嫁・姑《しゅうとめ》でないことくらいは理解していた。母は眞砂子について、俺の前でも「お嬢様育ちじゃのう」「ありゃあ苦労しとらん人間の手じゃ」くらいのことは言っていた。眞砂子も、母の日や父の日、両親の誕生日など、俺の両親への贈りものを欠かさなかったものの、広島への帰省に乗り気ではなかった。

しかし、俺はそれを当然のこととして流していた。

俺も、眞砂子の実家へ積極的に行きたいかと問われたら、答えはノーだ。いい人たちであっても、義両親というのは気を遣う相手だった。

息子が中学生になったあたりから家族の予定が合わなくなってきて、全員揃《そろ》っての帰省も稀《まれ》になった。俺と娘だけ、あるいは子どもたちだけが広島へ行くようになり、問題が表面化しないままになっていたのだ。

「お義母さんも、気づかれたくなかったんでしょう。あなたは東京の大学に行ってテレビ局に入った、自慢の息子だったもの。いいお母さんでいたかったのよ」

妻の口調は相変わらず穏やかだった。

やがて、お好み焼きのたねと具材が運ばれてくる。

たねを鉄板に薄く広げると、じゅうじゅう音を立てながら、あっというまに火が通る。削り粉をまんべんなくかけ、その上に、たっぷりのキャベツ、そして焼きそば。傍らで砂ずりを炒《いた》めて、塩胡椒《しおこしょう》。肉がいちばん「焼いている」という感じがする。色が変わって火が通っていくのが目に見えてわかるし、音も高い。焼きそばの上にイカ天をのせたら、砂ずりと牛脂、紅しょうが、豚肉。山盛りの具材の上に、残しておいたたねを回しかけて、ヘラで一気にひっくり返す。

眞砂子は、一つ一つ、俺がやることを見ながら真似ていた。俺はほとんど家事をしなかったが、お好み焼きだけは俺の担当だったのだ。

作業が一段落してから、俺は言った。

「……言ってくれたらよかったのに」

「そうねえ。でも、言ったら決定的なことになっちゃう気がして。お義父さんもお義母さんも、健司と眞莉には優しかったでしょう？　子どもたちにも、おじいちゃん・

おばあちゃんは、二組いたほうがいいと思って」

「ごめん」

もう一度詫びる。

眞砂子が誇張しているわけじゃないことはわかっていた。

なんというか、母は邪悪な人間ではないとは思うが、「やりそう」な人ではあるのだ。俺が不在の時間帯に電話してきて、広島に来ない眞砂子に文句を言うくらいのことはしたかもしれない。父も、そういう母をたしなめたり諭したりするような人ではなかった。

「今はね、お義母さんの気持ちがわからないわけじゃないの。お義母さん、ちゃきちゃき動き回るのがお好きだし。『お嬢様育ち』の私が鈍重に見えたのね。我慢ならないくらい」

散らばったキャベツを生地のほうに寄せながら、眞砂子は言った。

「それに、息子はやっぱり可愛いもの。ほら、この前、メールに書いたでしょう。健司が家に彼女連れてきたの。私は絶対意地悪しないぞ！　って思っても、つい粗探ししちゃって、いけない、いけない、って」

おどけたように眞砂子は言った。

俺はうなずき、少し笑ったが、内心はしんと静まりかえっていた。鉄板に二つの卵を落とし、薄く伸ばして焼きながら、胸のうちをすうすう秋風が吹き抜けていくかのような気分だった。

気づかない鈍感さへの報いが、広島行きの拒否であり、「卒婚」なのだった。

眞砂子が今日、母に言い返すことができたのも、母に理解を示したのも、つまりは、母が眞砂子にとって「いつでも縁を切れる相手」「ほぼ他人」になったからなのだった。

怒りでも悲しみでもなく、後悔ですらなかった。ただ寂しいと思った。

「久しぶりに食べるとおいしい」

眞砂子はにこにこしながら、お好み焼きを食べた。

卵の上に生地を移してさらに焼いたお好み焼きは、すっかりかさが減って平たくなっている。ソースはおそらく業務用のオタフクソースだろう。ソースを塗ってつやつやぴかぴかしたお好み焼きを箸《はし》で割ると、湯気とともに薄緑のキャベツや脂の光る豚バラ、黄みの強い焼きそばの麺《めん》が姿を見せる。熱々の生地を口の中で転がしながら食べる。コリコリした砂ずりと、嚙みごたえあるイカ天の食感がいいアクセントになっている。

「明日《あした》も仕事？」

眞砂子が訊《き》いた。

「いや、休み」

「じゃあ、一緒に鞆《とも》の浦《うら》に行かない？　私、行ったことないの」

「だから福山《ふくやま》でホテル取ったのか。いいよ」

「あなたが現場で仕事してるところ、私が見たの、本当に久しぶりでしょ。なんだか昔を思い出しちゃった」

初めて会ったとき、妻は女子大生で音大に通っていた。ピアノで身を立てるには才能が足りないと見切りをつけ、スカウトされて女優の卵をやっていた。

「昔とは全然違うけどな。本当に素人からスタートだよ」

「いいじゃない。まだまだ人生は長いんだから、一から始めれば」

「そっちはどうなの。友だちの店、手伝いはじめたんだろ」

「インテリアのお店ね。うーん、どうかしら。まだ始めたばかりだからわからないの。インテリアが好きって言っても、ただの趣味でしょう？　知らないことが多すぎて」

「ずっとピアノの先生続けるんだと思ってた」

「そうね。ピアノは今も好きなんだけど……あなたが広島に行っちゃって、眞莉が就職して……私も何か新しいこと始めてみようと思って。自分が何をしたいのかわからなくて困ったけど、中学とか高校のときだって、そうだったのよね。とりあえずやってみて、合わなかったら他のことを探そうと思って」

音大に通わせられるような裕福な家に生まれて、理解ある親に育てられ、美人だった。

母の言うとおり、眞砂子は恵まれたお嬢様なのかもしれなかった。

しかし、音楽の道でも女優の道でも挫折《ざせつ》を経験し、ほぼ一人で二人の子どもを育ててきたのだった。苦労がないとは思わない。

そしてその苦労に一区切りがついた後、彼女はまた新しい人生を切り開いていこうとしている。

完全に縁を切ってその姿を見られない状態にならなかったことを、嬉《うれ》しく思う。

どんなに面白い、愛《いと》しいドラマだって、一クールで終わる。次のクールに入れば、また新しいドラマが始まる。

余生と言うには、これからの時間はあまりに長い。次のシーズンに入ったと思って、もう一度企画を立ち上げ、人を集め、新しい日々を作っていくしかない。

眞砂子がゲスト出演のみで俺のドラマからフェードアウトしていくのか、再びメインキャストとして参加するのか。それは、俺がこれからどうやって生きていくのか——眞砂子にとって関わりたい企画であるかどうかにかかっている。

十月の初め、徳島からまた荷物が届いた。

おや？　と送り状を確認すると、差出人は「井《い》関《せき》ゆり子」。

「おいしいもの便」から離れていた〈さおしか〉だった。

細長い四角い包み。紙袋を巻き付けた外装を外すと、細長い箱が入っている。

白地に緑の楓《かえで》と文字の透かし模様の入った包装紙。それをめくると、さらに白い和紙の包装。毛筆調の大きな文字で「小男鹿」と書かれている。和紙にうっすらと楓が見える。前にもらったことがあるから、知っている。本物の楓が漉《す》き込まれているのだ。いかにも贈答品らしい、格調高く厳重な包装。それを外すと、箱の中に密封された菓子が入っている。

淡い小豆《あずき》色の生地の上に入った、薄緑のライン。米粉とつくね芋、餅《もち》粉をベースにした、しっとりとした蒸しケーキ。〈さおしか〉のハンドルネームの由来にもなったという彼女の好物だ。

一緒に入っていた封筒を開く。〈さおしか〉はいつも、季節感あふれる便箋《びんせん》に品のいい文字で手紙を書いてきた。ＢＢＳで「宗さまー!!」と叫んでいた人間と同一人物とは思えない、貴婦人めいた振る舞い。

秋桜《コスモス》の柄の便箋を開いた。

クララさん

ちゃんと手帳に書いておけと言ったのに、「じゅりあな横手」は書かずじまい。頂いたリクエストもきっと忘れてしまうことでしょう。お節介かと思いましたが、孫の不始末は祖母の不始末、忘れないうちに私から送っておきます。

そろそろ本人が気づきそうなので伝えておきますが、「じゅりあな横手」は私の孫なのでした。まさか孫が私のサイトにたどり着くとは……。

今は徳島で孫と二人で暮らし、ネイルサロンを手伝っています。知らないことだらけで、この歳になっても学ぶことは多いものだと思い知らされます。

これからも孫ともどもよろしく。

さおしか

〈じゅりあな横手〉の「おばあちゃん」の文字に見覚えがあると思ったのは、当然。

〈さおしか〉の字だったのだ。

何度も秋田へ行っていたのも、〈じゅりあな横手〉が登場したあたりで「おいしいもの便」から離れたのも、そういうわけだったのだ。

俺はスマホを手にして、ＳＮＳを開いた。

じゅりあな横手　@JuririnYokote　あわわわわわわわ
じゅりあな横手　@JuririnYokote　ＣＭの彼方くん、かっこよすぎない？　人類の宝！
じゅりあな横手　@JuririnYokote　致死量を超えたイケメン！　死んじゃう！！

相変わらずはしゃいでいた。語彙《ごい》がどんどん増えているのも面白い。

「血は争えない」というのはまさにこのことで、笑ってしまう。

スマホを閉じ、俺はもう一度〈さおしか〉の手紙を見た。

どうやら彼女は、すでにシーズン２の人生を始めているらしい。「おいしいもの便」を始め、「阿波狸合戦」の話で俺を奮い立たせた〈さおしか〉だ。常に俺より一歩先を行っている。

第5話

ここではないどこかから

徳島県 ← 秋田県

第5話

秋田
おいしいもの便

バターもち

もちもち三角　バター餅

ル・デセール

大分・熊本
おいしいもの便

アベックラーメン

早煮えうどん

フジジン焼肉のたれ

黒糖　こっぱもち

亀せん

御飯の友

ざぼん漬

旅は、好きでもあるし、嫌いでもある。

行き当たりばったり、風任せの自由気ままな旅にも憧《あこが》れるけれど、それはよほど神経の太い人じゃないと難しい。

二、三時間に一本しかバスや電車が来ない地域、終電が十五時台なんて場所はざらにあって、行き当たりばったりで行動したらジ・エンド。行きはよくても帰りの手段がなく、そんな場所はたいてい宿泊施設もない。野宿するか、普通の民家に突撃訪問して不審者扱いされるか。

予想外のトラブルを楽しめない人間は、旅行前に交通機関のダイヤや行きたい場所の営業時間を調べることになり、それが結構面倒くさい。

旅先でも化粧をして、自分が気分よくいられる服を着ていたいと思えば、荷物は増えるし、重くなる。荷物は事前にホテルに送っておき、帰るときにもホテルから発送しておくことにしているけれど、それでも重い荷物を持ち運ぶ時間は発生するし、荷造りも億劫《おっくう》だ。

だから、旅行の準備中は、わくわくよりも圧倒的に憂鬱《ゆううつ》が勝っている。

そこまでして、なぜ旅に出るのか？

この答えは人それぞれだろうけれど、私の場合は、「暮らしに新しい風を入れるため」。

毎朝同じ時刻に起きて、お気に入りの食器で季節のフルーツを食べ、部屋を整えて、たまに美しい色の花を飾り、カーテンを新調する。

そんな心地のよい生活を送っているつもりでも、同じ場所にいると「濁ってくる」。

清流が美しいのは常に流れているからで、どんなにきれいな水も一ヵ所にとどまっていたら、よどんでくるのだ。

だから、ときどき旅に出る。

物理的に家から離れてしまえば、こまごまとした生活のことは考えなくなる。移り変わっていく車窓の風景や、見慣れない街並みに意識が向いていく。

ひとり旅であればなおよしで、日常から切り離された思索は枝葉を伸ばす。過去のこと、この先のこと。ここに引っ越したら、次に旅に出るとしたら。

そうして時折、誰かのことを思い出す。

おいしいものを食べたとき、美しい風景を見たとき。

これをあの人にも食べてほしい、これをあの人にも見せたい。

そう思う瞬間を自分も体験しているから、旅先から送られてくる写真やみやげものが私は好きだ。

日常から離れた旅先でも、私のことを思い出してくれたのだとわかるから。

それは旅の終わりがけに買う、挨拶《あいさつ》のようなみやげものとは一線を画したもの。

〝ここではないどこかから、おいしいもの、美しいものが届きました〟。

それだけでも、暮らしに新しい風がわずかに吹き込んでくる。旅に出られなくても、遠い場所から送られてくる贈りものは、日常を揺らす気配をまとっている。

さつまいもは肉類と合わせると、おいしさが増す。

だから、わが家のさつまいもごはんには、必ず鶏《とり》そぼろや豚バラスライスを入れることにしている。

肉にしっかり味付けしてから炊き込むのがこつだ。塩を利かせると、さつまいもの甘みがさらに引き立つ。

浸水させた米と、炒《いた》めたそぼろを煮汁ごと土鍋《どなべ》に入れる。水に浸《つ》けてあった輪切りのいもを上に並べていると、階段を下りてくる足音。

「おばあちゃん、文房具いらない？　ノートとか、ペンとか」

台所に顔を出し、樹里が訊《き》く。

左腕に猫のすみれを抱え、右手にタブレットを持っている。

もう十一月だというのに、ワンピース型のTシャツしか着ておらず、アッシュピンクに染めた髪を頭の上でラフにまとめている。伸びやかな手足に若さが爆発していた。いくら徳島の気候が温暖だとはいえ、おなかを冷やさないか心配になる。

「いらない」

いもを並べるのを再開しながら答えると、樹里が声を大きくする。

「見もしないで言わないでよ～！」

「ノートもペンも気に入ったものがあるから、それしか使わない」

「え～！　あと六百円で送料無料になるんだよ～」

すみれを床に下ろし、身もだえして樹里が言う。

私は手を拭《ふ》いてから、孫娘の顔を見た。

「馬鹿だね、店側の戦略に乗るんじゃないよ。送料無料にするために、ほしくもないもの買うほうがもったいないよ」

「送料五百円かかるんだよ!?　六百円出して何か買ったほうが得じゃん！」

「本当にそれがほしいものなら買えばいい」

「うーん……」

「だいたい、ものを届けるのだって人の時間とお金を使ってるんだからね。〝ツッチー〟に払うと思いな」

いつも家に来る配送会社の兄ちゃんの名前を挙げると、樹里は悩んでいるようだった。

「何を買うの」

訊いてみる。

この孫娘はデジタル時代の申し子で、仕事の記録は紙のノートではなくタブレットにしている。文房具になんて興味を持っていなかったのだ。

「ノート。見て、これ。きれいでしょ」

樹里が見せたのは、写真がメインのSNSのページだった。

樹里の好きな俳優・井上彼方が、ノートとペンを手にした写真。

「以前、プロデューサーとしてお世話になった方がきれいなノートを送ってくださったので、役作りのための勉強に使っている」というようなコメントがついている。

アップになっていないから、細かいところまでは見えない。たぶん、企業案件ではないから、わざと商品をはっきり写していないのだろう。それでも色合いの美しさは伝わってくる。

「どこのノートか、ファンのお姉さんたちが特定済みなの。マイナーな会社だから、いつも行くイオンには置いてないと思う。一冊は仕事用にして、一冊はデザインの勉強用。あと二冊は、予備。彼方くんとオソロなら、ちゃんと使う」

テンション高く、樹里は言う。

理由はともあれ、ちゃんと記録するのならそれに越したことはない。「ちゃんとメモを取れ」と言うと、「そんなこと書かなくても覚えてるよ！」と答えるような孫なのだ。すぐに忘れるくせに。

「ペンは買わないの？　その、彼方が持ってるペン」

「ペンはもう持ってる。前にも写真に写ってたから」

「じゃあ、ノートを買い足して、今度会ったときにお母さんにあげな。あんたのお母さん、日記とか家計簿とかつけてるだろう」

確か、ずっとA5サイズのノートを好んで使っていたはずだ。

秋田で私が住むためのマンションの下見をしたときも、娘はメモしたノートのページを写真に撮って送ってきていた。

「そうなの？」

樹里は不思議そうな顔をした。

「そうだよ」

親が子のことを知っているほどには、子は親のことを知らないものだ。

「じゃあ、お母さんの分も買おうっと」

ダイニングチェアに座り、樹里がせっせとタブレットに何か入力している。

私は土鍋に蓋《ふた》をして、コンロに置く。

副菜の仕込みをしようとしたところで、チャイムが鳴った。

「あ、ツッチーじゃない？」

言いながら、樹里がすぐに立ち上がる。

「すみちゃん？　どこ行った？」

あたりを見回していた樹里が、サンルームで丸まっていた猫を見つけ、抱き上げる。

玄関に向かった樹里の応対する声、玄関を開ける音、「ツッチー」の挨拶。

「うおー、またデカくなってる！」

「でしょ？　いいもの食べてるんだよ」

「高いキャットフードとか？」

「魚。おばあちゃん、猫に甘いんだよ」

「手に乗るくらい小さかったのになあ」

二人の会話が聞こえてくる。

「ツッチー」はこのあたりの担当をしている配送会社の若い兄ちゃんだ。がっちりした体格で背が高く、明らかに体育会系のノリで育った子。

あれは六月下旬か、七月上旬あたりだったと思う。買い物に出かけていた樹里が、小さい子猫を抱えて帰ってきたことがあった。

なぜか家の近くの側溝の中にいたらしい。雨が降っているし、溺《おぼ》れて死んじゃうかも！　と、金属でできた側溝の蓋を持ち上げようと、うんうん唸《うな》っていたが、外せない。そこへトラックで通りかかったツッチーが気づいて、蓋を外してくれたのだそうだ。

ひと悶着《もんちゃく》あったけれども、結局、子猫はうちで飼うことになった。

以来、ツッチーと樹里は「配達員と客」にしては、ちょっとだけ親密だ。

「置き配」設定にしていても、ツッチーはチャイムを鳴らしてくる。

私が一人だったころから「重いので」と、在宅しているときは玄関まで入れてくれていたのだけども、最近は軽いものでもチャイムを鳴らす。

「めちゃ猫好きなんだと思う。会いたいんだよ。すみれ見るとデレデレしてるもん」

そう樹里は言う。

デレデレしてるのは、猫にじゃないと思うけど。まあ、それは外野が口を出すことじゃない。

「今日、うち、さつまいもごはんなんだよ～。ツッチーも、おいしいもの食べてね」

玄関で樹里がそう言う声が聞こえてくる。

さつまいもごはんが嬉《うれ》しいのだろうか。

樹里を見ていると、娘のことがわからなくなる。周囲をよく見て、何事においても頑なに「普通」の範囲におさまっていたがる娘が、どうやってあの無邪気すぎる子を育てたのか、不思議で仕方ない。

「おいしいもの便だよ～。今回は愛知から！」

段ボール箱を抱えて、樹里が戻ってきた。

追いかけてきたすみれが、樹里の足首のあたりにまとわりついている。

孫娘と猫との三人暮らし。

一年前まで考えもしなかったことが起こってる。


〈かっしー〉からの荷物は常温便だった。

赤と黒のパッケージの色合いからしていかにも辛そうな鍋《なべ》つゆ「赤から鍋スープ3番」、寿がきやのカップ麺《めん》「台湾ラーメン」、名古屋名物であるらしいあんかけスパゲッティのソース「ヨコイのソース」、フリーズドライのカクキュー「赤だし味噌《みそ》のお味噌汁」、チューブに入ったナカモの「つけてみそかけてみそ」、手のひらサイズのカレールー「オリエンタル即席カレー」、ご当地饅頭《まんじゅう》「なごやん」に「名古屋方言まんじゅう　ごっさま」、紙パックに入った地酒らしい「清洲城《きよすじょう》信長　鬼ころし」……

一つ一つ手に取って眺める。樹里は手紙を読んでいた。

テーブルの上に置かれた封筒には、可愛らしくデフォルメされた織田信長のイラストが入っている。

樹里は難しい顔をして、首をかしげながら読んでいる。

「どうしたの？」

尋ねると、便箋《びんせん》と私の顔を交互に見た後で、樹里は便箋を差し出した。

受け取ってみると、火縄銃と信長の絵の入った便箋に、〈かっしー〉の手書きの文字。

じゅりあな横手さんへ

春と秋がどんどん短くなってきているような気がします。名古屋は、十一月だというのにまだ暑いです。徳島はもっと暑いのかな？

とは言ってもしばらくしたら寒くなるだろうから、今回は寒い時季に食べるとおいしいものを中心に選びました。塩分の高い味噌は、体を温めるのだそうです。三河《みかわ》地方が八丁《はっちょう》味噌の産地であることもあり、愛知県には味噌味のものが豊富です。僕は別に味噌好きではありませんが、とんかつ屋に味噌だれがないと損したような気分になるのはなぜだろう……。

　リクエスト通り、台湾ラーメンをまた入れました。今度はカップ麺タイプです。「つけてみそかけてみそ」（たぶん、大部分の愛知県人はCMソングを歌える）と、「ごっさま」はさおしかさんが気に入っていたので送ってみました。二人で仲良く楽しんでください。

かっしー

P.S.1　井上彼方、大河で人気出て本当によかったね！　うちの近所の年寄りたちも、彼の名を覚えました。

P.S.2　実は喫茶店を経営しています。喫茶店で出せそうな徳島のご当地メニューがあれば教えてください。

「フィッシュカツがいいんじゃないの？」

私は言った。

魚のすり身にカレー味とパン粉をつけて揚げたものだ。県内では、たいていのスーパーの練り物コーナーで売っている。

「竹ちくわ」もご当地グルメとしてよく取り上げられるけれど、あれは竹の筒と一体化したビジュアルが肝。喫茶店のメニューとして活用するのは難しい気がする。

「フィッシュカツ、前にテレビに取り上げられて、『徳島県民のソウルフード』って知名度上がったみたいだから、ちょうどいいだろう。喫茶店で出すなら、サンドイッチとかに使って。賞味期限が短いのがネックだけど、通販用に保存が利くものとか売ってない？」

スマホを取り出して調べようと思ったが、樹里の声に遮られた。

「そこじゃなくて～！　なんで〈さおしか〉と一緒に食べてって書いてあるのかってこと！」

樹里が身もだえする。

わざと話を逸《そ》らしたのだけれども、その手には乗ってくれなかったようだ。

「まあ、私が〈さおしか〉だからね」

できるだけさらりと聞こえるように言う。

「……」

樹里はまじまじと私の顔を見ていたけれど、両手で抱えるようにして頭を振った。

「どうしたの」

「頭がぐらんぐらんする……え、マジで⁉」

「九月に〈クララ〉から来たメールで、薄々気づいてるんだと思ってた。『小男鹿』のこと書いてたし」

樹里に漢字の読み方と言葉の意味を訊《き》かれ、私も〈クララ〉からのメールを見ていた。

途中で話を逸らしたから、話題にはならなかったけれど、終わりのほうに「小男鹿」がハンドルネームの由来だと書いてあるのは知っていた。

「あそこ、意味わかんなかったんだよ。なんで『しょうだんご』ってお菓子が好きだと『さおしか』って名前になるの？」

心底不思議そうに樹里が言う。

「しょうだんご⁇」

私のほうも意味がわからない。

〈クララ〉のメールを開かせて、確認する。どうやら樹里は「小男鹿」を「しょうだんご」と読んでいたらしい。『鹿』は『かごしま』の字でしょ。それくらい知ってるよ」と言う。漢字の読めない人間特有の間違いで、字と読みが一対一で対応していないのだ。

「徳島にある小さいだんごかと思ってた」と言う始末。「小男鹿」の画像を見せると、ようやく「あっ、これ、食べたことあるやつじゃん！　おばあちゃんがパッケージ隠してたやつ！」と言う。

「え～もう、マジで～⁉　なんで隠してたの⁉　言えばいいじゃん～！」

体を揺らしながら、樹里が不満げに言う。

どうやら孫は、宗さまファンサイトの存在にも気づいておらず、宗さまが朝ドラや大河に出ているときのＢＢＳの過去ログも見ていないらしい。

まあ、「字、読むの嫌い」と公言している子だから、そんな気はしていたのだけど。

私は言った。

「外で友だちと遊んでるときに、ばったり親に遭遇すると興ざめだろ。それと同じ」

「キョウザメって何？」

「『楽しかったのにテンション下がる』って感じかね」

「あー、それはわかる～」

「あんたが恥ずかしいかと思って」

「えー、別に？　あたし、親とテレビ見るときも、『彼方くん‼』って叫んでるよ」

「そうか。杞憂《きゆう》だったね」

「キューって？」

「心配しすぎってこと」

「そうだね。じゃあ、あたし、彼方くんの出てた朝ドラ、おばあちゃんと一緒に見てたんだね。ネットでばったり会うのってすごくない⁉」

「ネットでばったり」に驚いたのは、私もだけども。

この孫娘は簡単に騙《だま》される。こっちに隠しごとがあるなんて、考えもしない。

「そう言えば、〈さおしか〉、徳島に住んでたもんね。おばあちゃんだったとは～」

樹里は素直に感嘆している。

樹里相手であっても、自分のはしゃいでいた姿を知られたら気恥ずかしい、というのはもちろんある。

でも、本当に知られたくないのは、樹里ではなかった。その母、秋田で暮らす一人娘のほうだった。

「どこにあるかわからない都道府県」でアンケートを取ったら、徳島県は低くても十五位以内にはランクインするんじゃないだろうか。

孫の樹里は、母方の祖父母の家が「徳島県」にあると最近まで知らなかった。家の中では「四国のおじいちゃん・おばあちゃん」と言っていたらしい。

まあ、樹里は数年前まで「四国」を外国だと思っていたから（「国」がつくし、昔何回か来ただけだし、家が外国っぽかったから……というのが本人の弁）、問題外として。

「四国」なら場所がわかる人もいるかもしれない。でも、四国の白地図を見せられ、「さあ、徳島はどれでしょう」と問われたら、答えられない人は多いだろう。

「徳島県」の名を冠したガイドブックを見ると、出版社の苦労が偲《しの》ばれる。阿波踊り、鳴門の渦潮、大塚《おおつか》国際美術館、秘境・祖谷渓《いやけい》あたりでかなり頑張ってページを埋めたのだろう。

特色を訊かれても、困る。

全国の中で唯一、電車が走っていない県、自動改札機がない県。走っているのは、汽車だ。汽車と言うとSLのイメージが強いだろうけど、単純に電気ではなくディーゼルエンジンで動く列車。

そんなことを知っているのは、たぶん鉄道オタクくらいのもの。

かろうじて「阿波踊りをやっている県」で通じるくらい。

まあ、そんな県だから、県庁所在地の徳島市も、田舎によくあるパッとしない地方都市である。

しかし、私は気に入っている。

海へ向かって流れ込む川がいくつも走り、小さくコンパクトにまとまっている。気候も温暖で、極端に暑すぎず寒すぎず。散歩でよく行く新町川水際公園《しんまちがわみずぎわ》では朝の光がきらめいているし、ひょうたん島クルーズの船が行き交う様子にも風情がある。

何より、ここには両親や夫とともに作り上げてきた家と庭がある。特に、シンクの前に大きな窓のある台所は家の北側にあるのに明るく、日本の住宅には珍しい。

エルゴさま

十一月十一日、空いています。サロンはお休みなので、樹里にも都合を聞いてみます。

よかったら、祖谷渓へ一緒に行きましょう。樹里もまだ行ったことがありません。四国内は公共交通機関が不便なので、移動には車が必須《ひっす》です。レンタカーを

「なぁん」

事務所を兼ねたリビングでノートPCを立ち上げ、メールを書いていると、声がした。

見ると、いつのまにか足元にすみれが寄ってきていた。前足を床に揃えて、こちらを見上げている。うっすらと紫がかって見える濃いグレーの毛。「すみれ」の名はそこからつけた。

「おいで」

身を屈《かが》め、すみれを抱き上げる。

膝《ひざ》の上で丸くなる、確かな命の重み。

左手でその背を撫《な》でる。喉《のど》を鳴らす音と、喉から伝わってくる体の揺れ。

ガラス戸を隔てたサンルームでは、樹里が今日新しくやってきた若い女性客と談笑しながら、せっせと施術している。

派手な顔立ちは父親似だけれども、横顔の雰囲気は母親に似ている。

——わたしがちゃんと面倒見るから！

思い出す。

娘の香那子《かなこ》が小学校低学年だったころ、まだ東京にいたときのことだ。子猫を抱えて家に帰ってきた娘が、そう訴えた。友だちと一緒に学校から帰る途中、箱に入れられて捨てられていた子猫三匹を見つけたのだという。

──私だって猫は好きだよ。でも、ここはマンションだから猫は飼えないの。

私はそう答えた。

当時、ペット可の集合住宅は珍しかったと思うけれども、もしペット可であってもそう言っただろう。子どもの「自分がするから」がまったくあてにならないことは知っていたし、私は家事と娘の世話、義両親の口出しへの対応で手一杯。面倒をみる余裕はなかった。

──猫飼いたい。マンションじゃないから、いいでしょ。

次に香那子の口から「猫」という言葉が出たのは、その四、五年後の春だったと思う。

中学受験を前に爆発し、荒れ狂った娘を連れて、徳島の父のもとへ身を寄せたときだ。結局受験はせず、やいのやいのと文句を言う義両親から逃れるように、東京を離れた。

友だちどころか知り合いすらいない場所で、娘は心細かったのだと思う。

──おじいちゃん、喘息《ぜんそく》なんだよ。動物の毛がよくない。

このときも、私はそう言って却下した。

どちらのときも、嘘をついていたわけではない。正当な理由があってのことだった。なのに、なぜだろう。最近になって、娘の願いを叶《かな》えられなかったこと、いさかいをしたことをよく思い出す。

夫を亡くした後、一瞬、猫を飼うことを考え、それでも結局飼わないままだった。私だっていつまで生きているかわからない。猫の寿命は長くとも二十年というけれど、自分のほうが長く生きる確信がないのなら、無責任なことはすべきではない。それが一番の理由だったけれど、なんとなく、娘のことを思い出したのも確かだった。

香那子だってもう十分な大人で、猫を飼いたかったら自分で飼うだろう。頭ではそうわかっているのに、今自分が猫を飼ったら、手ひどい裏切りをすることになるんじゃないかと思ったのだ。

そのうっすらと残ったわだかまりを、秋田からやってきた孫娘はやすやすと超えてきた。

――あたしがちゃんと面倒見るから！

かつての娘と同じことを言って。

「そう。よかったね」

猫を飼うのだと電話で報告した樹里に、香那子はそう言ったのだそうだ。直接聞いていないから、ニュアンスはわからない。

樹里の話によると、樹里もやはり子どものころに飼いたいと幾度となく訴えて、母親に却下されたのだという。「ちゃんと一人で朝起きるって約束、守れたことないでしょ？ 信用がない人の『約束するから』に価値はないの」などと、私以上に情け容赦ないことを言って。

母親の逆を行くことしか考えていなかったのに、どうやら香那子は猫を飼おうとしなかったらしい。

夫は百貨店のバイヤーをしていた。

私が「東京へ行けば、いつか宗さまとすれ違うことがあるかも！」などと若気の至りとしか言いようがない暴挙に出たあと、勤め先の百貨店で出会ったのだ。

今でこそ、日本各地のものがぐるぐると日本列島をめぐり、都会のみならず田舎にまで届いているけれど、当時は流通もそこまで盛んではなかった。

そして、百貨店も今はそれぞれの支店の味を出しているけれども、当時はそうじゃなかった。取り扱うものは本部が決め、全店が同じものを売っていた。だから、バイヤーが選ぶもの、取り扱うと決めたものは、その百貨店グループすべての売上を左右することになる。責任重大な仕事だった。

夫は、日本各地をめぐり、名店・名品を探し歩いた。旅行も食べることも好きな人だったから、天職だったと本人も言っていた。夫が発掘し、一気に知名度が全国規模になった商品もたくさんある。そのうち、テレビや雑誌に名バイヤーとして夫の個人名が出るくらいになった。

「僕はほとんど家にいないよ」

結婚する際も念押しされたし、子どもを持つかどうかという話し合いのときも、再確認された。

歳の離れた夫は、私よりはよっぽどものがわかっていたのだと思う。

私は若くて、愚かだった。「会いたい！」「結婚したい！」「子どもがほしい！」そう思ったら、そのことしか考えられなくなる。先々のことまでシミュレーションする前に、行動しはじめてしまう。

それに、後には「亭主元気で留守がいい」なんて言葉が流行語になった時代。夫が外でしっかり稼いできて、妻が子育てと家事をするというスタイルが当時はまだ成立していた。

私は夫の不在を深刻に考えてはいなかった。

何事も、やってみないとわからないものだ。

というより、結婚も子育ても、詳細にシミュレーションしたら、できないだろう。

感情やムードに突き動かされるからできることなのだ。

何事も勢いで始めて行き詰まり、そこから打開策を考えていくのが私のスタイルだった。当然のことながら、母子二人の生活は行き詰まった。

関係が密になりすぎたのかもしれない。逃げ場がないというか、風通しが悪いというか。

「すぐ近くに住んでいる夫の両親」というファクターも確実に影響していたけれども、それがなくても、やっぱり行き詰まっていたと思う。

親の影響を受けて育つとはいえ、クローンではない。親と子は別の人格なのだ。頭ではわかっていても、それを本当に受け入れるまでにずいぶん時間がかかった。

同性である娘と自分を完全に切り離すことは容易ではなかった。

私と娘の香那子は似ておらず、どうしようもなく気が合わなかったのだ。

「このくつ、いやだ」

始まりは、幼稚園に通いだしてすぐのころだった。帰宅した香那子が、玄関で靴を脱ぐときになって言った。

幼稚園に通いはじめる娘のために、靴屋で夫がいくつか見繕い、その中から娘自身が選んだものだった。

「どうして？　歩くと痛い？」

「いたくない」

「じゃあ、どうして嫌なの？　自分でこれがいいって選んだ靴でしょう」

「みんなとちがうもん」

一人っ子だったから、他の子を意識するのは悪いことじゃない。そう思って、そのときは他の子が履いている靴を注意して見たりしたのだけども、似たようなことは何度も起こった。

香那子はとにかくみんなと違うことが嫌なのだ。

私は自分の歩めなかった人生を、娘には歩ませたかった。女だから教育はいらないというふうにはしたくなかったし、だれかの顔色をうかがわず、やりたいことをやれるようになってほしかった。

でも娘は、自らせっせと柵《さく》をこしらえて、その中に入りたがっているように見えた。

もちろん、「普通」から外れると生きにくくなるということを私も理解していたけれど、娘の普通志向は度が過ぎているように見えた。

真面目で宿題はきちんとやり、マナーは守る。友だちも多いし、クラスメイトや部活の仲間ともうまくやっている。でも、それは目立たないようにするため、周囲から非難されないためなのだった。幼稚園のころからピアノを習わせていて、歌も楽器も上手《うま》かったけれども、例えば音楽のテストで楽器を演奏したり、歌を歌ったりする段になると、わざと「そこそこ」のラインに留める。勉強も、平均点が取れればよい、という考えだ。最初は手を抜いてそうなっていたけれど、だんだん手を抜かなくても「普通」になった。

成績が振るわないこと自体は、どうでもいい。向き不向きがある。でも、そのあまりの「自分」のなさ、基準を他者に委《ゆだ》ねる姿勢が理解しがたかった。

これに関しては何度か話し合いを試みた。

みんなと同じでいい、普通でいい、目立つのは嫌だ。悪口を言われたり、怒られたりしたくない。娘はそうはっきり言った。

香那子も、私のことを「とにかく人と違うことをさせたがる、変な母親」と思っていたらしい。

何度、衝突したかわからない。

結局、二人きりの生活に耐えきれず、私は香那子を連れて徳島の父のもとへ帰った。

その後も娘はそこそこに頑張り、短大に行って、就職した。当時の「結婚適齢期」

に秋田県出身の男と結婚して、当時の多くの女性と同じように退職し、秋田へ行ってしまった。

「お母さんから見たら、つまんない人生かもしれないけどね」

そう皮肉を言って。

「〈エルゴ〉が徳島に来るよ」

サロンを閉めたあとで、樹里にそう伝えた。

「十一月の十一日に。あんたも会う？」

「えー！　なに？　何しに来るの？　旅行？」

「うん、四国旅行。ついでに、仕事の話を聞こうと思って」

「なに、仕事って」

「〈エルゴ〉、長崎発の『おいしいもの便』をビジネスとしてやり始めたんだよ。手を広げるなら一枚嚙《か》ませてって言っておいたから、その話」

「もう、何なの、何なの、話についていけないよ！　そんな仲良しなの？　あたしのおばあちゃんが〈さおしか〉だって、みんな知ってたの？」

「教えたのは最近だし、私だって、会うのは今回初めてだよ」

「会うよ、会う会う。〈エルゴ〉って女の人なんだよね？　何食べに行く？」

「食べもののリクエストは訊《き》いてないけど、祖谷渓に連れていこうと思ってる。一人だと行きにくいだろうからね」

「どこにあるか知らないけど、車で行くんだよね？　あたしが運転するよ」

「ありがとう。そういえばあんた、〈かっしー〉に返事した？　喫茶店で出すメニューの話」

「あ、忘れてた！　お礼はDMで送ったけど。おばあちゃん、何がいいって言ってたっけ？」

「フィッシュカツ。だからメモしろって言ったのに」

「まだノート届いてないもーん」

樹里は口を尖《とが》らせて、スマホを取りに行く。

高梨宗太郎ファンの同志たちとは、宗さま存命中に舞台やイベントなどで会ったことがある。しかし、BBSのメンバーと会おうという話が出たことは一度もなかった。あくまでもドラマで繋《つな》がっている。その距離感が良かったのだ。

でも、「おいしいもの便」を始めて、住所と本名を知った。ドラマに関係のない私信を食べものと一緒に送るようになり、お礼や返事をメールやDMで送るようになった。

それで、少し私たちも変わってきたのかもしれない。

夫はよく出張に出ていた。

私が香那子を連れて徳島へ移住したのも、これが背景にあった。

東京で暮らしていたのは夫が東京の百貨店の社員だったからだけど、不在がちなのだから、住むのは徳島でもいいのではないかということになったのだ。

母子の衝突は、徳島の父のもとへ身を寄せたことで多少は和らいだけれども、本当に「多少」だった。

気が合わないなら合わないなりに距離を置けばいいのに、そこが親子の難しさ。ひとつ屋根の下で距離を置くというのは非常に難しい。それに、私にも多少「自分は母親なのだから～しなければならない」という自分を縛るような思いがあったし、香那子に対しても「子どもなのだから～するべきだ」と思っていた。香那子のほうも同じだろう。

成長すれば、口も達者になる。舌戦は激しさを増し、香那子が中高生の間はかなりギスギスしていた。

それでもたまに夫からの荷物が届くと、家の中に風が吹いた。そのギスギスをなだめるような新しい風だ。

夫は出張先でおいしいものを見つけると、できる限りこちらにもそれを送ってくれた。

一日に三つも四つも店をめぐっていた夫だ。舌が肥えているから、届くものはとにかくおいしかった。

そして夫は手紙も忘れなかった。


今は秋田県の北秋田郡というところに来ています。こうして各地を訪れて、地元の人々と話をすると、美味《おい》しいものだけでなく、本やテレビでは知ることのできなかった暮らし方や風習に出会い、新鮮な気持ちになります。

缶詰で送った「みず」という山菜、知らないでしょう。東北地方ではよく食べられているものだそうです。冬が寒く、雪の深い地方も多いからか、秋田では缶詰をよく作るのだとか。地元の人々は、山菜や野菜を自分で処理して工場に持ち込み、缶詰にしてもらうのだそうです。

バター餅《もち》は、冬に狩りをするマタギたちが保存食にしていたという郷土食。ル・デセールは、江戸時代に創業したという地元のお菓子屋さん「晩梅《ばんばい》」の商品です。どうぞ楽しんでください。

お父さん、地酒ととんぶりを送ります。寒くなってきたので、お体に気をつけて。

ゆりちゃん、君はバター餅もル・デセールも大好きだと思う。だから多めに送りました。

かなちゃん、テスト前ですが無理をせず、よく寝ましょう。甘いものは頭にもよいそうです。


そんな感じの手紙だった。

いつも最後に一言ずつ、家族へのコメントがあったのも嬉《うれ》しかった。

旅先にいても心にかけてくれていることが感じられた。

インターネットがない時代のことだ。「北秋田郡」と言われても、どこにあるのかすぐにはわからない。

父が百科事典（当時、全巻セットを所持しているのが「文化的な家庭」のあかしのように思われていた）、香那子が学校で使っている地図帳や歴史の資料集を持ってくる。父・私・娘の三人で夫のいる場所について、ミズやマタギについて調べた。

反抗期の娘も、そのときばかりはおいしいものを食べたいあまりに、棘《とげ》を引っ込めていたものだ。

「バター餅」は、そのときに初めて食べた。「餅」と「バター」から事前に想像していたものとは、まるで違う。口に入れたときの感じは、大福の皮などに使われている求肥《ぎゅうひ》に近い。ふわっふわ――と思わず「っ」を入れたくなる軽やかさ、そしてもちもとした食感。そこからあふれ出るミルキーな香りと優しい甘さ。

「ル・デセール」は、パッケージからして期待をあおるものだった。黄とオレンジを基調にした、優雅でクラシックなデザイン。箱を開け、銀色の包みを剝《は》がすと、チョコレート菓子が顔を出す。ココア生地の底には刻んだナッツが敷き詰められ、上には半生チョコレートののった濃厚なケーキだ。食感は軽く、しっかりと甘い。

おいしいねと言い合いながら、事典や資料集の内容について話していた和やかな時間。

春に採れた山菜を缶詰の中に閉じ込めて、遠くの場所へ、半年後の日々へ送るように。旅先で出会った幸福を、夫は離れて暮らす家族へ送ってくれたのだった。

三十年以上の月日が経ち、正月の混雑を避けて秋田に行った折、BBSのメンバーにきりたんぽを送ることを思いついたのは、このときの思い出が強く胸に残っていたからなのかもしれない。

ここではないどこかから、おいしいものが届いた。

そのことが起こす新鮮な風を、私もだれかのもとに届けたかったのだ。


七分《しちぶ》袖《そで》のネイビーのブラウスと、黒のパンツを着ています。

ショートボブ、不幸顔の四十四歳。


徳島駅で待ち合わせをした〈エルゴ〉は、事前にそうメールで送ってきていた。

「やば！　すぐわかった、不幸顔」

駅のロータリーで該当人物と目が合うなり、樹里は笑いだした。

「笑わないでよ」

〈エルゴ〉が苦笑する。

身長一六〇センチくらいの、ほっそりとした女性だった。美人に分類されるであろうタイプだが、「不幸顔」という表現が腑《ふ》に落ちるくらい、幸薄そうな雰囲気がある。

「女優のあの人に似てるね、あのレストランの女主人役の……」

名前が出てこず、朝ドラの役名で私が言うと、〈エルゴ〉は「よく言われる。彼女も幸薄そうな顔だよね」と笑った。

改めて、本名を名乗りあう。

〈エルゴ〉は、ハンドルネームの響きよりは「入江香澄」という本名のほうがよっぽどそれらしかったけれども、私も樹里も、ずっと彼女を〈エルゴ〉と呼んだ。〈エルゴ〉も、私のことを「井関さん」「ゆり子さん」ではなく「〈さおしか〉さん」と呼んだし、樹里のことも同様だった。

長年親しんだ呼び名のほうが、やっぱり互いにとって「本当の名前」なのだ。

「じゃあ、出発するね～」

レンタカーに乗り込み、カーナビを操作しながら樹里が言う。

「説明書があるんじゃないか」

助手席の私が言って目の前のボックスを開けたけれど、樹里はすぐに答えた。

「大丈夫だよ。えーっと……二時間かかるみたい」

学校で勉強したことは全然覚えていないのに、樹里は初めて見る機械でもしばらく試すと、説明書なしで操作できてしまう。本当に不思議だ。

市街地を走っている間、後部座席に座った〈エルゴ〉は、現在、秋休み中なのだという話をした。ビジネスパートナーと二人でやっている会社は、ゴールデンウィークとお盆は普通に働き、五月の下旬と十一月半ばに長期休みを設定している。みんなが休みのときに休むと、どこへ行っても混んでいるし、旅費も高くなるから。ちなみに今回の旅行は、ビジネスパートナーと愛媛までは一緒に来たが、彼は愛媛から左回りで高知へ行き、〈エルゴ〉は右回りで徳島へ。最終日に香川で合流してうどんを食べてから、また一緒に帰る予定なのだそうだ。

「それって、彼氏なの？」

率直に樹里は訊《き》いた。

まあ、「長期休みを『普通』に合わせない」という時点で、二人とも家庭持ちではないだろうとは思ったが。

「彼氏じゃないよ」

「一緒に住んでるし、旅行も一緒に行くのに？」

「一緒なのは、行きと帰りだけね。私は明日《あした》、半日かけて大塚国際美術館を見るつもりだけど、向こうは絵に興味ないから」

「ふーん。変わってるね」

「そうだね。あんまり理解されないよ」

〈エルゴ〉の話しぶりは、理路整然としていて、フラットだった。あまりネット上での人格とギャップを感じない。

ショートボブの髪からのぞいた耳に、シルバーのピアスが見える。

明らかに女性だし、女性らしい柔らかさも感じさせるのに、佇《たたず》まいがどことなく中性的なのだ。

私は〈エルゴ〉が始めた「ビジネスとしてのおいしいもの便」について訊いた。そのビジネスパートナーの義理の姉と一緒にやっているらしい。〈エルゴ〉がサイトと発注のシステムを作り、姉が品物を準備して発送する。

「広告は今のところ、旅行サイトとホテルの予約サイトにだけ出してる。注文はまずまずかな。自分が泊まる長崎のホテルに送ってくれって注文も結構ある」

「自分が現地に来てるのに？」

「ホテルとスーパーが離れてるところもあるから。何が名物か、その土地ならではのものか、情報収集しないとわからないでしょう。セレクトして送ってもらえると忙しい人には助かるんじゃないかな。出張に来てる人とか」

「なるほどね。おみやげは駅に集められて売ってるけど、それ以外のものは自分で集めなきゃいけないから」

「そう。送ってもらえば、何が届くかわからないって楽しみもあるしね。でも、やってみてわかったけど、みんなでやってる『おいしいもの便』の面白さは出ないの」

〈エルゴ〉が言った。

「パートナー……あ、会社のパートナーの義理の姉のほうね、彼女が手書きの手紙書いて、それらしいムードは作ってくれてるんだけど、やっぱり知らない人だし、一方通行だし」

「そうだね。あれって、結局、文通なんだよね。食べものつきの」

私が言ったところで、樹里が口を挟む。

「ブンッーって何？」

「えー！　そこから？　そうか、今の子、文通知らないのか」

「〈エルゴ〉、おばさんみたいな言い方するね」

「おばさんなんだよ。〈さおしか〉さん、文通やったことある？」

「ある。好きな俳優のファン同士で」

「え！　おばあちゃん、好きな俳優いるの!?」

「もう亡くなったけどね。高梨宗太郎」

「だれ？　ごめん、知らないや」

「大河で武田信玄《たけだしんげん》の役やってた人だ。あと、石田三成《いしだみつなり》もやってた？」

「そうそう。あなたは文通やってた？」

「中高生のころにやってた。二、三回。雑誌の文通相手募集のコーナー、あったよね。本名と住所載ってた」

「ヤバ！　危ないじゃん！　そんなの載せちゃだめだよ！」

樹里が悲鳴みたいな声を上げる。

昔の人間である二人は、「そうだよね」と言いながら、ただ笑う。

「そういう文通募集みたいな『おいしいもの便』を送りあう場みたいなのも、作れないかって思うんだけど。セキュリティの問題もあるし、やっぱりある程度は信頼できる関係ができてからじゃないと難しいのかなーって」

楽しそうに、〈エルゴ〉はそう言った。

本業はソフトウェア開発なのだそうだけども、いろいろと副業のことを考えているのだそうだ。

身軽で、前向きだった。

独身だからといって、昔に比べたら、肩身の狭い思いをしなくて済むようになっているはずだ。それでもやはり、今もそれなりに生きにくさを感じることはあるだろう。

そうであっても、私はこんなふうに生きたかったのかもしれないと思う。

結婚したことも、子どもを持ったことも、自分で選んだことだった。後悔していない。それでも、その過程で手放さなければならなかったこと、女として生まれたために諦《あきら》めなければならなかったことが数えきれないほどにあって、それらに対する未練を私は断ち切れなかったのかもしれない。その未練を、香那子の人生で果たそうとしたのかもしれない。

義理の家族に溶け込んでうまくやること、子どもが自分は自分でいいのだと思えるように育てること。そんな自分には果たせなかったことを、香那子は果たしたのに。

自分がそこに重きを置かなかったから、取り立てて評価することもなかった。

そもそも、「個性を大切に」なんて言われはじめたのは最近の話で、「みんな」と足並み揃えることがよしとされていた時代だったのだ。香那子にしたら、私の望むことは難しいことだったに違いない。

「そういえば、〈クララ〉も新しくCMを作る会社を立ち上げたんだって。『おいしいもの便』をビジネスとして始めたって言ったら、CMのご用命承りますって。これが〈クララ〉の会社が作ったCM」

後ろの席から、〈エルゴ〉がスマートフォンを差し出してくる。

受け取って、見る。

動画が流れている。

夕暮れの窓辺で、女性らしき人物がノートに何やら書いている。映っているのは手と髪のみだけど、きれいな人だとわかる。メロディアスな音楽に、影絵のような木の影、暮れなずむ空。私の日々に寄り添うノート、というキャッチフレーズ。

美しい色合いの表紙に見覚えがある。

「これ、あんたがこの前買ってたノートじゃない？」

赤信号で停車したタイミングを見計らい、樹里にスマホを見せる。

樹里が、「わ！」と声を上げた。

「これ、彼方くんのノートじゃん‼」

「え、井上彼方もCM出てる？　これはSNSのプロモーションで出てくるやつだけど」

「ちがう、ちがう」

いぶかしげな〈エルゴ〉に対して、樹里が説明する。「以前、プロデューサーとしてお世話になった方」にもらったといって、SNSで井上彼方がこのノートを写した写真を投稿していたこと、その投稿を見て、自分もノートを買ったこと。

「やば！　運命じゃん！　あたしと彼方くん、つながってる⁉」

「そうだね。樹里と〈クララ〉がつながってて、〈クララ〉とノートがつながってて、ノートと彼方がつながってるね」

私は言った。実際は、ノートを挟んでいる時点で直接のつながりはない。さすがに「プロデューサーとしてお世話になった方」が〈クララ〉だということはないだろうし。

「つまり、他人だね」

〈エルゴ〉が笑い、樹里はむくれていた。

祖谷渓は徳島県の西の端、三好《みよし》市にある渓谷だ。

このあたりはあまりに山深いため、平家《へいけ》の落人《おちうど》伝説まで生まれた。

車で行っても、ひたすら山。木木木、緑緑緑が続く。たまに紅葉が交じっているのは、この時季ならでは。

私に山登りの趣味はないが、たまに山へ行くと、明らかに空気が違って新鮮な感じがする。木々が光合成でどんどん酸素を生み出しているからなのだろうか。空気が濃くて、呼吸を続けていると、体の中が浄化されるようだ。

「マジで怖くない⁉　おかしくない⁉　落ちたら死ぬよ〜！」

「怖いなら、あまり下見ない方がいいよ。前見て歩きな」

「下見ないと落ちるじゃん‼　穴にはまって‼」

「はまったとしても足だけだよ。〈じゅりあな〉さんが細いっていっても、隙間から落ちたりしないよ」

かずら橋で、樹里は大騒ぎだった。

平家の落人たちが、敵が攻めてきたときに切り落とせるように山で取れる葛《かずら》を編んで作った。そんな言い伝えのある吊《つ》り橋だ。

揺れるし、足元には隙間があるし、下は渓谷で青々とした水が流れている。

高所恐怖症だったのか、樹里は半泣きだった。

面白かったので、へっぴり腰で橋を渡る樹里の姿を写真に撮る。

「私、運転免許持ってないから、一人だったらここは行き先から外してた。ありがとう」

かずら橋を渡ったところにある食堂で、もりもり昼食をとりつつ〈エルゴ〉が言った。

「私も、樹里と二人だったら来なかったよ。地元民は、いつでも行けると思うと行かないから」

私もそう応じる。

結婚が決まった折に、夫と来たのが最後だ。

職業病なのか、そのときも夫は近辺の和菓子屋を回っていて、「はりまや商店」の「はりまや羊羹《ようかん》」をたいそう気に入っていた。昭和天皇・皇后両陛下にも献上されたことがあるという手のひらサイズのおいしい羊羹だ。

「あんな怖いって知ってたら来なかったよ！」

樹里はまだむくれていたが、もう笑いの種にしかならない。

同じ県内でも、離れた場所の郷土料理は馴染《なじ》みがない。

豆腐・里芋・こんにゃくを竹串《たけぐし》に刺して田楽風にした「でこまわし」、地元では「あめご」と呼ぶ「あまご」の塩焼き、太めの麺《めん》に、薄切りにしたかまぼこと刻んだ葱《ねぎ》、天かすののった祖谷蕎麦《そば》。

三人でシェアして郷土の味を堪能《たんのう》すると、〈エルゴ〉は「十五分だけ待って」と、小さなリュックから二つ折りにしたレターパックを出した。宛先《あてさき》はすでに記入済みだった。

途中、サービスエリアや売店で買った半田《はんだ》そうめん、祖谷蕎麦、安宅屋《あたぎや》の「ちょん太《た》ちょん平《ぺい》」という風船入り玉羊羹。

その三つを詰めて、祖谷渓の写真を使ったポストカードにボールペンで何か書いている。

ようかんはつるっとむけるのが面白いので、子どもも楽しいと思う――そんな文言が目に入る。

インクを乾かすために振っていたポストカードを、エルゴが見せた。

「昔、〈さおしか〉さんがかまくらのポストカードを送ってくれたでしょ。こういうの、何のために買うのか謎だったんだけど、あれでわかった気がしたよ。旅先から送るのには、これがいちばん。相手は現地を見られないんだから」

そう言って、ポストカードをレターパックに入れ、封をする。

「ビジネスパートナー。同僚の義理の姉のほうの」

レターパックの宛名を指さし、〈エルゴ〉は短く言った。

「仲いいんだね」

樹里が言うと、〈エルゴ〉は苦笑する。

「ううん。お互い四十過ぎてるのに殴り合いの喧嘩《けんか》したし、一日二時間以上、一緒にいないようにしてる。気が合わなくて喧嘩になるから」

「なんでそんな人と一緒に仕事するの？　自分でやってる仕事なんでしょ」

「まあ、仲がいいに越したことはないけど。仕事相手は友だちじゃないから」

「うーん？」

樹里はよくわからなかったようだ。

「気が合わないことと嫌いだってことは、いつもイコールなわけじゃないよ」

私は言った。

「あんたのお母さんと私は、気が合わないけど、嫌いなわけじゃない。少なくとも、私のほうはね」

「それならわかるかも。別にお母さんも、おばあちゃんのこと嫌いじゃないよ」

なんでもないことのように、樹里が言った。

あっさりと断言してくれたことに、ほんの少し安堵《あんど》する。

「そう。気は合わないけど、別に嫌いじゃないから。それなりに平和に付き合える距離を測ってるの」

〈エルゴ〉はそう言った。

旅先で自分のことを思い出し、食べものを送ってくる。そうされたら、少なくとも気にはかけられているとわかるだろう。自分を嫌いだと思う人もいないだろう。

私と香那子が、夫の送ってくる手紙とおいしいものに胸を温められたのと同じように。

「レターパックはまだあるから、〈さおしか〉さんたちも送ったら？　その娘さんに」

言いながら、〈エルゴ〉がリュックサックを探った。

旅行中、読み終わった本や必要なくなった道具をそのつど家へ送るのに便利だから、持ち歩いているのだそうだ。

おみやげも、小包ほど大仰にならないし、これで直接送ってしまえば、帰宅してから小分けにする必要がない。レターパックも、郵便局さえ見つければ気軽に買い足せる。

「ポストカードも五枚セットだったから、二枚あげる」

〈エルゴ〉がそう言って、祖谷渓の風景を四つ並べた。

夕方、徳島駅に戻ると、〈エルゴ〉はあっさり「じゃあ、また！」と手を振った。

「運転してもらったから」とレンタカーの代金を全額払い、コインロッカーに入れていたという手みやげをよこして。

「夕ごはんはいいの？　どっか連れてくよ？」

樹里が言ったけれど、

「ありがとう。でも、一日に使える体力は全部使っちゃった」

と答え、鳴門のほうのホテルに向かうという。

ひょっとしたら、もう会う機会はないのかもしれなかった。それでも、次があると思わせるあっさり加減が、私には好ましかった。

帰宅してから〈エルゴ〉にもらった手みやげを見る。

ご当地麺「アベックラーメン」「早煮えうどん」、これもご当地食品であろう「フジジン焼肉のたれ」、どっしりとした棹《さお》形の餅《もち》「黒糖　こっぱもち」、透明なパッケージに揚げせんべいの入った「亀せん」、ふりかけ「御飯の友」、見覚えのある「ざぼん漬」……

今までエルゴが送ってくれたものには、ないものだった。くまモンのイラストが入っているものがいくつかあったので予想はついたけれど、熊本や大分の食べものだった。

ざぼん漬は以前、長崎のものを送ってもらったことがある。大きな柑橘《かんきつ》類であるざぼんを砂糖漬けにしたもので、ほろ苦さと甘さが同居する味わい。ゼリーのような食感が好きだった。それを伝えたので、今度は大分のものを持ってきてくれたのだろう。小分けパックなのもありがたい。

「熊本と大分って、どこにあるの？」

樹里が訊《き》く。

「九州。前に〈エルゴ〉が、島原港から熊本港までフェリーで三十分って言ってたよ」

「熊本って何があるんだろ。くまモンしか知らないや」

樹里がそう言って、スマホを取り出す。

同じように、私もPCで大分について調べた。

「大分は、別府《べっぷ》温泉、湯布院《ゆふいん》温泉、宇佐《うさ》神宮、とり天」

「熊本は、ア……なんとかっていう山？　黒川《くろかわ》温泉、熊本城、みずまえ寺ナントカ」

スマホを受け取って、見る。

「阿蘇」と「水前寺成趣園《すいぜんじじょうじゅえん》」だった。

地図で位置を確かめて、徳島からの行き方も調べる。

かつて、父と娘と三人でやっていたことを、孫娘と二人でやる。百科事典と教科書の代わりに、スマホとノートPCを使って。


祖谷渓からレターパックを送ったものの、香那子からは特にリアクションはなかった。

私は、新しく二つのことを始めた。

一つめは、「徳島おいしいもの便」。〈エルゴ〉の「長崎おいしいもの便」に便乗する形で、三か月限定の徳島版コースを作ってもらった。三か月限定にしたのは、エルゴのところで受注し、こちらで発送するという連携がうまくいくかどうかわからなかったから。

二つめは、四国旅行のプラン作成サービス。これは〈エルゴ〉に教えてもらったクラウドソーシングのサービスで、個人で始めた。〈エルゴ〉が話していた「出張に来たついで」のお客の話がヒントになって思いついた。

あくまでも主軸は、樹里のネイルサロンの事務。それと両立できそうな形でやってみることにした。

この歳になったら、取り戻せないものだってたくさんある。でも、気力の問題で「無理」だと思い込んでいることだってあるはずだ。

学も技術もないが、アイディアはある。

〈エルゴ〉を羨《うらや》んだり、娘に人生を背負わせたりするくらいなら、自分で試したり学んだりしたほうがいいのだ。うまくいかなかったら辞めればいいのだし。

私も思いついたことは、いろいろとやってみることにした。

いつ来るかわからない「終わり」のために店じまいに入るより、新しいことをどんどんやって「時間が足りない、もっと生きていたい」と思っていたかった。

「えー！　その色、可愛くない？　秋っぽいし、いろんな服に合いそう！」

私の塗ったサンプルを見て、樹里が声を上げる。

〈エルゴ〉と会って一週間後。

ネイルサロンの予約の入っていない午後、リビングで私と樹里はせっせと作業にいそしんでいた。

樹里は、いつもの販売用のネイルチップ。私は、新しいネイルポリッシュのサンプル。私には樹里のような技術もセンスもないが、べた塗りだけならきれいにできるようになった。色のサンプルを作ったり、樹里が忙しいときにチップのベースカラーを塗ったりするのは私の仕事になっている。

「年配の人も選びやすいかもしれないね。それより、これ！　温めると全然食感も味も違うよ」

皿に並んだ餅を指さし、私は言う。

「こっぱもち」は、先日、〈エルゴ〉にもらったものだ。

スライスしてそのままのものと、トースターで温めたもの。二種類食べ比べてみたが、別物のようだった。そのままだと硬めでしっかりとした嚙みごたえがあるが、温めるとふわふわと柔らかく、舌の上で溶けていくよう。温かいほうが甘みも強く感じる。

「うん、あたし、あっためたほうが好き！　すごい伸びるし、餅っぽーい」

手が汚れないように箸《はし》で食べていた樹里が言う。

「郷土の味」とパッケージに書いてあったから、たぶん郷土料理なのだろう。さつまいもに餅米、黒糖を加えて作った素朴なものだ。「かんころ餅」という似たようなものを食べたことがあるし、同じ熊本の「いきなりだんご」にはあんことさつまいもが入っている。甘いものが貴重だった時代、さつまいもの甘みはたいそううれしいものだったに違いない。

「亀せん」も、香ばしい醬油《しょうゆ》の香りと、揚げてあるのにあっさりした甘さがおいしく、ついつい手が伸びてしまう。

二人でむしゃむしゃ食べながら、せっせと作業を続けていると、ピンポーンと玄関のチャイムが鳴った。

足元で丸まっていたすみれの耳が、ぴん、と立ち上がる。

「ツッチーかな？」

口をもぐもぐさせたまま樹里が言い、立ち上がる。

髪を手ぐしで整えてから、すみれを抱き上げようとする。ご機嫌ななめなのか、すみれは嫌がっていたが、無理やり抱えて玄関に運んでいく。

「こんちゃっす、××運輸です！」

「あざっす！」

いつものようにノリと勢いで始まる会話。

「またでっかくなったな～！　なんか毛、増えてる？」

「毛が伸びてるんだよ。冬用にあったかくしてるんだよね？　すみちゃん？」

「猫、いいっスね」

「うん。あたし、ずっと飼いたかったから、マジで嬉《うれ》しい。めちゃ可愛いし！」

「徳島、猫の神社あるんっスよ。知ってます？」

ふいに、ツッチーの声にかすかな緊張がにじむ。

おっと、これは……思わず身構えて聞き耳を立てていたら、樹里が「ああっ!!」と大声を上げた。

「あった、あった！　彼方くん、行ってた！　四国の、猫の神社!!　番宣で出てた旅番組で!!　なんで忘れてたんだろ!!　サンキュー、ツッチー!!」

早口でまくしたてる。

「……あ、ハイ、……カナタ……？」

「これあげる。友だちからもらったざぼん漬。結構おいしいよ」

居ても立ってもいられない！　とばかりに、早足で戻ってきた樹里は、小さな段ボール箱をテーブルに置く。

「お母さんからだった！」

と叫ぶなり、テレビをつけ、レコーダーのリモコンを手に取る。「えーっと、何の番宣だったっけ、アレ……」などと、もどかしげに体を揺らしている。必死の形相。

さっき、ツッチーはあんたをデートに誘おうとしてたよ……そこまでたどり着かなかったとしても、とっかかりは作ろうとしてたよ……。

そう言っても、今の樹里には雑音にしか聞こえないに違いない。

遅れて戻ってきたすみれが、「やれやれ」とでも言いたげに私に一瞥《いちべつ》をくれ、サンルームへ向かう。

私は荷物の送り状を見た。宛先《あてさき》は「井関ゆり子様」、送り主は「熊谷香那子」。

封を開くと、箱の中に見覚えのある商品が詰まっていた。

まずは、蕗月堂《ろげつどう》の「バターもち」とみうら庵《あん》の「もちもち三角　バター餅《もち》」が二つずつ。

バターと餅、砂糖を悪魔合体させたカロリー爆弾。ふわっふわ、もちもちとした食感の餅からあふれ出るミルキーな香りと優しい甘さを思い出す。

そして、晩梅の「ル・デセール」の五個セット。秋田に行った際には何度も見かけた、優雅でクラシックなデザインのパッケージ。

思わず顔がほころぶ。

知っているものだけに威力は抜群。見ただけで心は秋田へ持っていかれてしまう。

端に封筒が入っていた。紅葉の描かれた秋らしい絵柄。中から便箋《びんせん》を取り出して広げてみる。

お母さんへ

半田そうめんと祖谷そば、ゆずジュレをありがとう。

お母さんが書いていた通り、祖谷は校外学習で行ったきり。当時の友達のことを思い出し、懐かしくなりました。半田そうめんも、この太さが久しぶりで、嬉しい。大館《おおだて》のほうに行く用事があったので、北秋田のお菓子を送ります（蕗月堂は横手のお店ですが、バターもち自体は北秋田発祥なのです）。お父さんが送ってくれたバターもちとル・デセール、今でも覚えています。本当においしかった。夫と初めて出会ったとき、秋田出身だと聞いて、おじいちゃんとお母さんと三人で食べた、あのときのことを真っ先に思い出したものです。

一枚めの便箋の終わりに、涙が出そうになった。

旅先の夫も含めた家族の幸福な思い出が、今も娘の中に残っている。さんざん衝突してきたし、やはり一緒には暮らせない。それでもやっぱり私は娘を愛しているのだと思った。

慌てて目元を拭《ぬぐ》い、続きに目を落とす。

小男鹿も、「あたりや」の大判焼きもおいしいですが、秋田のほうがお母さんの好きなものはたくさんあると思いますよ。

樹里へ

ネイルサロンの仕事、楽しくやっているようで何より。「ぞうさんのめ」には行きましたか？　安くてボリューム満点のおいしいクレープ、おすすめです。徳島にもおいしいものはたくさんありますが、あなたの好きなバターもちの本家は秋田。いつでも帰ってきていいんだよ。猫とおばあちゃんを連れてね。私も猫は好きなのです。

香那子

手紙だと、たがいに喧嘩《けんか》にもならず穏やかにやりとりできる……と思っていたのに、読み進めてみたらこうだから笑ってしまう。

井上彼方をエサにして樹里を連れ出した私に対抗し、娘はどうやら食べもので私と樹里を釣ろうとしているらしい。箱を開けた瞬間、まんまと心をつかまれてしまった。

樹里はまだ目当てのものが見つからないのか、スマホで調べたり、録画タイトルをにらんだりで忙しい。

ツッチーのことも、菓子のことも頭から吹き飛んでいるらしい孫娘を見ながら、思う。

おいしいものをもっともっと食べさせなければならないし、娘にもおいしいものを送って対抗しなければならない。ひとまず次回は、香那子の好きな「マンマローザ」

と「鳴門うず芋」は必ず入れなければならないし、「徳島おいしいもの便」のためにも、新規開拓は必要だ。忙しい毎日になりそうだった。

本書は書き下ろしです。
扉・目次イラスト／相田智之
デザイン／二見亜矢子

幸《しあわ》せおいしいもの便《びん》、お届《とど》けします

十《と》三《さ》 湊《みなと》

令和７年　２月25日　初版発行

発行者●山下直久

発行●株式会社KADOKAWA
〒102-8177　東京都千代田区富士見2-13-3
電話　0570-002-301(ナビダイヤル)

角川文庫 24530

印刷所●株式会社暁印刷
製本所●本間製本株式会社

表紙画●和田三造

●お問い合わせ
https://www.kadokawa.co.jp/（「お問い合わせ」へお進みください）
※内容によっては、お答えできない場合があります。
※サポートは日本国内のみとさせていただきます。
※Japanese text only

ISBN 978-4-04-115259-1　C0193

◇◇◇

角川文庫発刊に際して

角川源義

第二次世界大戦の敗北は、軍事力の敗北であった以上に、私たちの若い文化力の敗退であった。私たちの文化が戦争に対して如何に無力であり、単なるあだ花に過ぎなかったかを、私たちは身を以て体験し痛感した。西洋近代文化の摂取にとって、明治以後八十年の歳月は決して短かすぎたとは言えない。にもかかわらず、近代文化の伝統を確立し、自由な批判と柔軟な良識に富む文化層として自らを形成することに私たちは失敗して来た。そしてこれは、各層への文化の普及滲透を任務とする出版人の責任でもあった。

一九四五年以来、私たちは再び振出しに戻り、第一歩から踏み出すことを余儀なくされた。これは大きな不幸ではあるが、反面、これまでの混沌・未熟・歪曲の中にあった我が国の文化に秩序と確たる基礎を齎らすためには絶好の機会でもある。角川書店は、このような祖国の文化的危機にあたり、微力をも顧みず再建の礎石たるべき抱負と決意とをもって出発したが、ここに創立以来の念願を果すべく角川文庫を発刊する。これまで刊行されたあらゆる全集叢書文庫類の長所と短所とを検討し、古今東西の不朽の典籍を、良心的編集のもとに、廉価に、そして書架にふさわしい美本として、多くのひとびとに提供しようとする。しかし私たちは徒らに百科全書的な知識のジレッタントを作ることを目的とせず、あくまで祖国の文化に秩序と再建への道を示し、この文庫を角川書店の栄ある事業として、今後永久に継続発展せしめ、学芸と教養との殿堂として大成せんことを期したい。多くの読書子の愛情ある忠言と支持とによって、この希望と抱負とを完遂せしめられんことを願う。

一九四九年五月三日